漸進曲

Season of Life

藤井樹
（吳子雲）
著

人生就像是一首漸進曲。
時而匆忙，時而靜默，跌跌撞撞，走走停停，不管哪個階段，都是成長的旋律。

|作者序|

睽違的這十五個月

《漸進曲》的出版時間距離上一本《揮霍》有十五個月之久，這十幾年來，我還真沒有間斷這麼久沒有新的小說作品問世的。如玉說她已經徹底放棄對我催稿這件事了，就像是從小到大每天被老師責備的小孩，突然間聽不到老師罵了，整個人超不習慣的。

有一種創作者是沒人催稿寫不出來的，難道我也是其中之一？

在動手寫《漸進曲》之前，我一直忙於拍電影的事。一如我在二〇一四年初國際書展上公開宣佈的一樣，我將在今年開拍自己的第一部電影《六弄咖啡館》。也因此這本書才會花了這麼久時間才出現在大家面前。

早在二〇一三年九月，我就開始構思《漸進曲》的故事，十月就做完人物設定了，結果真正動筆的時間是二〇一四年一月下旬，而且進度很慢。慢的原因除了我一邊在忙電影劇本之外，還有一件更大更重要的事發生了：「三一八學運」。

學運發生當時，小說進度大概只有四〇％。我這個人平時就對社會議題相當雞婆，所以學運期間，我每天出現在立法院附近參與這件驚動國際的大事也是很正常的。

小說、劇本兼學運同時進行，紮紮實實地瓜分了我的每一天，我不是在電腦前就是在立法院，每天平均睡眠兩到三個小時，導致我在四月初時發現自己的身體不堪負荷，衡量了利弊得失之後，我做出了一個決定。

「先放下小說，專心在學運吧。」

我知道，如果如玉得知我的這個決定，應該會衝到立法院殺人，不過她比那些打人的暴力警察溫柔很多，我想她下手應該不會太重。（其實我很抖抖抖……）

這個決定才剛下，王金平院長就走進立法院探視學生了，當天晚上學運領袖即宣佈「會開始考慮並與夥伴討論退場」，我的決定剎時變得多餘。想必如玉當時一定鬆了一口氣吧，因為她夠了解我，應該算得出我會選擇先放下小說工作。

因為我在臉書上發表了太多關於學運的言論，所以很多讀者朋友在底下留言時都難免推測，我可能會把這些見聞寫到《漸進曲》裡，但我從不打算這麼做，為什麼呢？

因為學運絕對值得獨立成一本書。

當然我並不打算寫學運的書，比我更適合寫這本書的人太多了，同時我也不夠資格。如果這本書是由林飛帆或陳為廷來執筆的話，我想會更有意義。

總之，《漸進曲》在如玉沒有發動任何催稿攻勢的狀況下完成了，我自己也很訝異。

這是一部自我出道以來，寫作過程最耗損心神的一本，希望書裡看不見我疲累的痕跡。

對了，雖然我還在籌拍《六弄咖啡館》，但我已經把《漸進曲》納入我的工作清單裡了。也就是說，我會朝把它拍成電影的方向前進。

拍得成嗎？我不知道。

不過我這個人除了雞婆之外，還有另一個缺點，就是「不放棄」。

希望我有生之年，能完成自己排好的所有功課。

更感謝你們，總是慢慢地等待我完成功課。

我不是最好的寫手，但你們是最好的讀者和觀眾。

吳子雲 二〇一四年四月十八日於台北的家

強迫症

強迫症三個字對我來說是個新鮮的名詞，
上大學之前沒人這麼跟我說過。

但我不過就是隨身帶著一包濕紙巾，
吃飯前會先抽兩張把桌子擦乾淨而已，
這也算是強迫症嗎？

01

剛洗完澡，我全身赤裸地站在衣櫥前面，呼吸間還聞得到自己身上的酒氣，可見今晚喝得有點多了。

但我的意識是清醒的，身體在發熱，喝過酒之後洗澡，血壓上升的關係，頭有點脹，還帶著兩分醉意，走到自己的衣櫥前，一套新西裝掛在外面，這是上個月特別訂製的，三天前才送來，防塵罩還沒拆開。

上面貼了一張便利貼，寫了四個字：「穿上，承擔。」

那是我媽的字，比她平時的字跡還要潦草許多，但我認得出來。

其實我一個人住在外面已經快十年了，長久以來，我的衣櫥裡總是冬夏分明地只有那麼幾套衣服，但有天突然有人替你把衣服準備好擺在外面的感覺還滿詭異的，我猜幾乎全天下的女人都得了一種「當了母親之後就會一輩子為孩子操煩」的病，當然，新聞看多了，還是知道有極少數的垃圾母親，但這種例外就沒有討論的必要了。

可以睡覺的時間大概只剩下五個小時不到，明天一早就是一場硬仗。

此時我在地板上看見了幾根頭髮，用我的腳去磨擦地板之後，想起已經三天沒有打掃了，顧不得頭髮還沒乾，就到陽台拿了吸塵器。

「你這不只是潔癖而已，簡直就是有強迫症！」認識廖神學長之後沒幾天，他就指著我的鼻子這麼說。那時我才只是個大一新生，期中考都還沒到。

強迫症三個字對我來說是個新鮮的名詞，上大學之前沒人這麼跟我說過。

但我不過就是隨身帶著一包濕紙巾，吃飯前會先抽兩張把桌子給擦乾淨而已，這也算是強迫症嗎？

廖神學長點點頭，「當然算！而且你一定不只有這個症狀，肯定還有其他的神經質。」他講得斬釘截鐵。

「有嗎？」我歪著頭思索。

「我問你，你是不是經常覺得自己好像忘了鎖門？」

不是經常，是總是。

而且不只是鎖門，關窗戶、鎖腳踏車或機車、關水龍頭、關瓦斯、關冷氣之類的動作，我都會一再地確認，就連關電風扇，我都會刻意等到扇葉停下來。

「再來，你是不是對數字特別敏感，特別會記得別人的電話號碼？」

不只電話號碼，連身分證字號都能記得。

這項技能成了我爸媽的驕傲，到哪都要跟別人炫耀一番，記得全家人的生日跟身分證字號

漸進曲

不算什麼，我連爺爺奶奶叔叔阿姨姑姑伯伯等等的全都記得，就連住在離我家路口兩百公尺遠的里長，我也能倒背如流他的生日跟身分證字號。

「還有，你的鈔票要同一面朝上，而且被折角的地方你會把它折回來？」

因為這樣看起來比較舒服啊。而且不只鈔票，發票也一樣。

這時廖神學長伸出食指指著我，非常認真地說，「最後，你走路的時候是不是不會去踩地板磁磚或路面石磚的縫隙？」

「咦？你怎麼知道？」我有點吃驚。

「你根本就強迫症！而且我只是隨便舉幾個例子，結果你全中，連最後一個你也中，你根本就是魔王！」

「是喔！那……強迫症是一種病嗎？」

「當然啊，而且沒藥醫。」

「是喔！那會死嗎？」

「只要是生命都有結束的時候，聽本神的話，強迫症別再犯了，孩子，及時行樂吧。」他說。

是的，他會自稱本神，他覺得自己料事如神，為什麼呢？聽我慢慢說。

他跟我一樣念數學系，大我兩屆，他考上研究所的時候，我才剛上大三而已，都還沒開始考慮念不念研究所，他就一直在鼓勵我考研究所，說什麼畢業後碩士起薪至少比大學要多個幾千塊，學歷也比較好看，工作會比較好找，重點是，他替我算過紫微斗數，說我是一塊念書的料，研究所對我來說只是小菜一碟，我要煩惱的不是考不上，而是考上的學校太多，不知道要選哪一所。

沒錯，他會算紫微斗數，他自己說的。

但我是塊念書的料嗎？是嗎？那為什麼我考不上台大清華中央成功？

我知道廖神學長告訴我這些的目的，是為了要證明他的算命是神準的。他常掛在嘴邊的一句話就是「我乃廖神，料事如神」，幾乎每一個跟他熟識的朋友都被他算過命，有的很準，有的根本連邊都搆不著。有時候會覺得他根本就在亂講，但事後證明他說的是對的；有時候他天花亂墜講到所有人都覺得有道理，結果卻跟他講的差了十萬八千里。

他說：「算命只是當參考，在你無助的時候提供一些選擇和訊息。準不準其次，重點是有沒有幫助別人走出他正感覺困擾的難關。」

說歸說，其實他對於「準不準」這件事還滿在意的。

問他為什麼對算命這麼熱中，他說這不是他選擇的。

「我是帶天命來到人世間的。」廖神學長正經八百地說，講得好像自己是神之子一樣重要。

漸進曲

廖神學長出生在一個標準的鄉下人家，廖爸是個果農，大概有三到四甲地種植柳丁跟芭樂、幾分地種西瓜，另外還有一些地租給其他稻農耕作，其實生活算是好過。

他在家裡排行老四，前面有兩個姊姊一個哥哥。廖媽還懷著姊姊的時候，有一天在家門前掃地，下午三、四點，西向的房子都會因為西照的影響，陽光強烈，平時廖媽習慣戴著斗笠遮陽。這天，一個和尚突然出現在他們家門口，一開始廖媽以為是斗笠擋住了視線，她才完全沒發現這和尚是什麼時候站在那兒的，只見他的視線一直往她家裡頭看，廖媽以為他想找人，問了之後，和尚笑著搖頭。「不是找人？那是在等我捐錢嗎？」廖媽念頭一轉，想說丟個五十塊讓他快點走，她手還在口袋裡摸著鈔票時，和尚開口說：「這位女施主，妳註定有五個孩子，但只有四個會叫妳媽媽，而第五個是帶天命來的，他將來的工作會影響很多人，不過他十歲前會有一次血災，如果沒有，那麼他可能活不過十二歲。」

講完，和尚就轉身離開了，廖媽五十塊拿在手上，在原地愣了許久，一直在回想著剛剛和尚說的話，有趣的是，這一愣，愣到廖爸從園裡回來，天都快黑了。

「我媽說她根本不覺得自己站了那麼久，但確實回過神來時，天都要黑了。」廖神學長說完便坐到我旁邊，把他左邊腦袋的頭髮往上撥了一下，露出一塊大概兩公分左右長度的疤痕，疤痕上沒有頭髮。

「是喔！所以，這就是和尚說的血災？」我指著他的疤痕問。

「不是，這是我十五歲偷騎我爸的野狼一二五摔出來的。」

「十五歲？那和尚說的十歲前的血災呢？」

「我媽說我十歲前連跌倒都很少，更別說是血災了，而且……」他邊說邊把自己的長褲往上撩，「你看，我的腿疤痕超少，保養得多好！」

「我的天！快把你那根很娘的腿收起來！這根本不是重點！」每次看見他撩起褲管，露出他的腿，我都會幾近崩潰，「讓我先把狀況搞清楚，你說你排行老四，但和尚卻說你媽媽會有五個孩子，所以你還有一個弟弟或妹妹？」

「沒有。」

「沒有？所以是和尚唬爛的？」

「不，我就是第五個。我前面其實還有一個哥哥，但他七歲多就死了。」

我思考了一會兒，「所以你是要跟我說，你十歲前的血災是你這個哥哥替你擋了？」

「這我不知道。那時我年紀還小，根本沒記憶，我媽說我跟這個哥哥一起在果園附近玩，沒多久我就哭著跑去叫爸爸，說哥哥跌破頭，等我爸趕到了，就發現我哥趴在我家果園附近的田埂溪裡，沒有呼吸心跳。」

「是喔！所以是因為撞破頭還是淹死了？」

「我也不知道，以前老時代又鄉下地方，送到最近的大醫院也要一個多小時，村子外接近市區的綜合醫院一宣佈沒救就直接辦後事了，唯一的說法就是意外。」

「這真的有點玄啊，感覺好像真的是你哥替你撞破頭的。」我說，聽到這裡我有點頭皮發麻。

「還記得和尚說我媽會有五個孩子，但只有四個會叫她媽媽嗎？」

「嗯，記得。」

「我這個哥哥是啞巴。」

「老天爺啊，所以這個和尚是神？」

「大概吧。所以我從國中開始就喜歡看關於算命的書，和尚說我會影響很多人，我猜大概就是算命吧。」

「是喔？」

「怎麼？你不信啊？」

「我不是不信，而是我覺得和尚說的如果是真的，算命就是你影響很多人的方法，那你幹嘛還念研究所？」

「念研究所是為了以後的生活啊，我從開始幫人算紫微斗數到現在，完全沒跟別人收過一毛錢。」

「你的意思是你現在想跟我收錢？」

「不，不用，跟你講了這麼多，請我喝杯飲料就好。」他說。

儘管我一直覺得他說的這個故事可能有唬爛的嫌疑，但是那天，我還是請他喝了飲料，而且是兩杯，而且是星巴克。

不知道和尚有沒有算過他會因為這種半搶劫算命法而被我錯手打死？

我同班同學政業也被廖神學長算過命，學長說他是天生的勞碌命，而且夫妻宮有什麼巨門星、陀羅星，跟另一半不管是結婚或僅是男女朋友都一樣，會因為好辯而爭執不休，兩人的感情會在不斷的爭辯中消磨殆盡，所以如果真的遇見相愛的對象，最好是同居就好。

「可是，學長，我是要問我的事業跟財運啊。」政業問。

「你的夫妻宮比較重要。」

「我根本沒交過女朋友，夫妻宮重要個屁！」

「就是因為沒交過，所以你的緣分快到了。」

「從何得知？」

廖神學長沒說話，只是指著那張紫微斗數命盤。

「好，那這張命盤裡應該有講到我的事業運吧？」

「先顧好你的夫妻宮。」

「那……財運呢？」

「還是先顧好你的夫妻宮。」

政業抓了抓頭髮，不耐煩地說：「廖神，你是會不會算？」

「政業，你就是需要有個人來幫你助你，而那個人就是你的另一半，不然你的事業跟財運都是屁，懂了沒？」廖神學長提高分貝，嚴肅地說。

「是喔！那那個女孩子在哪裡？」

「你怎麼會這麼問我？我是幫忙算命，不是婚姻介紹所耶。」

「幹，你根本亂算嘛。」政業不爽，幹譙了出來。

「媽的，那我跟你賭！」廖神學長站起身來指著政業。

「賭啥？」

「賭你一年之內一定會交到人生中第一個女朋友。」

「好！如果沒有呢？」

「如果沒有，我從今後封山不再替人算命！」

學長一邊說一邊看向天邊。

「學長，你自稱是神耶，這也賭太小了吧，算不準當然就要封山啊，呵呵呵。」政業酸里酸氣地說。

「學長，想想和尚說過的話啊，你是帶天命來到人世間的，你要替世人著想啊！」我連忙勸阻他。

這時學長看了看我，若有所思，閉眼思考了一會兒，「克愚，你說得對，我確實要替世人著想。這樣吧，政業，你說，要賭什麼隨便你。」

「學長，你說的喔！」

「對！我說的，我廖神就是料事如神，你敢跟神賭，我包你輸到脫褲。」

「好！這只是交不交得到女朋友的小事，我也不會太為難你，如果我一年內沒交到女朋友，你就去士林夜市舉牌請路人吃雞排五十份，牌子上還要寫『願賭服輸，因為我是神棍』，如何？」政業說著說著也站了起來。

「還要說我是神棍？」

「當然！」

「你這是欺神太甚！」

「神如果不敢賭可以後悔。」

「後悔個屁！本神跟你賭了！」廖神學長拍著胸脯說：「那如果我算對了呢？」

「隨你講啊。」

「好，那一樣，你也去舉牌請吃雞排，還要化大濃妝，牌子上寫『我是娘們』！」

政業的表情很吃驚，「幹！你好狠！」

「怎樣？不敢就別賭！」

「誰說我不敢？賭了！」政業伸出手要跟廖神學長打勾勾。

廖神學長沒有理他，轉頭拿了一張A4列印紙跟一枝筆，在上面寫下兩人的賭注。

> 我廖家青，今與康政業打賭，若本人紫微斗數所算失誤，致康政業一年內交不到女友，願到士林夜市舉牌請路人吃雞排，並在牌上寫著「願賭服輸，因為我是神棍」。反之，若康政業如本人所預測，一年之內交到女友，則康政業將化大濃妝到士林夜市舉牌請路人吃雞排，牌上寫著「我是娘們」。
>
> 口說無憑，此據為鑑。
>
> 西元二〇〇〇年十二月六日

寫完，廖神學長還拿出印泥，兩人煞有其事地在名字跟賭據日期上蓋上指紋。

這時政業衝回自己的房間，拿出一個圓柱形的小鐵罐，上面還印著「高山烏龍」的字樣，那是他習慣放紅茶茶葉的罐子。

「把賭據放進來，做成一顆時光蛋，我們三個回學校後，一起拿到環山步道的樹林裡埋起來，一年後我們再一起翻出來，到時候，輸的自己看著辦。」政業說。

說完，他從身上穿著的牛仔褲口袋裡挖出一把茶葉，我想那就是前幾天放進去的那一把，「賭完了，來喝茶吧。」說完就把茶葉丟進泡茶的壺裡。

「幹，你茶葉都這樣放的喔？誰知道你口袋放過多少髒東西，誰敢喝啊？」廖神學長一臉噁心的表情。

「放心啦！百分之九十八的細菌活不過高溫，等一下一百度的開水燙下去就沒問題了。」政業說。

「你是說真的還是說假的？」我好奇地問。

「真的啦！不信？不然來打賭！」

「好啊！賭什麼？」

「如果你喝下去拉肚子的話，我就把你的大便吃下去。」政業一副敢講敢做的樣子，拍著他有點鼓脹的肚皮說。

說完，政業拿起一旁的吉他，彈了起來。

對了，政業家是做茶葉生意的，家在南投山上，兩代茶農，到政業是第三代，雖然他對茶葉的知識淵博，但是他一點都不想接手家族生意，只想玩音樂，他的夢想是組一個樂團，然後出唱片，用音樂跟世界說話。

漸進曲

我必須承認他吉他彈得很好，但上帝很公平，所以他的歌聲……嗯……你知道的。

你曾經喝茶喝到茶醉嗎？這天，我跟廖神學長就在政業家裡喝茶喝到茶醉，第一次體驗到茶醉是什麼滋味，手抖到一個不行，講話還有點不清楚。

我們三個人聊到天微亮，氣溫很低，手很冰，但心是溫暖的。

看見就要升起的太陽把雲彩惹得一臉橙紅，不知為什麼，我想起了我爸爸。

學長，想想和尚説過的話啊，你是帶天命來到人世間的，你要替世人著想啊。

我怎麼覺得這句比較酸？

02

二〇〇〇年九月，我還是個十八歲的小毛頭，剛拿到駕照，我媽送我一部中古速克達，一百CC，售價兩萬三。因為老闆跟我爸媽認識多年，我家的摩托車出任何毛病都是他在醫的，也可以說是看著我長大，所以他一聽到我考上大學要離開家鄉，不但多送我一頂安全帽，還附贈兩個專業小偷大概五秒鐘就能打開的大鎖。

「前輪鎖一個，後輪鎖一個，加起來至少多頂十秒！」老闆說。

「叔叔，有沒有那種不只頂十秒的？」

「有，有可以頂三十秒的。」

「怎麼都是算秒的，沒有算小時的嗎？」

「算小時的時薪就比較高喔……」

說完，他看了我媽一眼。我媽完全沒考慮就搖頭，「十秒就夠了！專業小偷都在偷BMW，不會來偷你的車啦！」媽說。

老闆說，之所以多送我一頂安全帽，是要祝我上大學快點交到女朋友，這頂安全帽是要讓女朋友戴的。

我接過安全帽，有禮貌地向老闆道謝，可是那頂安全帽愈看愈醜，不但粉紅得很不自然，上面還有一隻山寨版的米老鼠的女友米妮，眼睛好像脫窗一樣地畫歪了。

「幹！這不是米妮！這是一隻該死的脫窗老鼠！」我在心裡吶喊著。

我還記得離開台中，要到台北學校報到那天，是我哥載我到車站的，那天天氣很好，八月底的陽光是不饒人的，是那種剛洗完澡不到五分鐘就會流汗的氣溫。

印象中的台中車站總是車多而且擁擠雜亂，大到遊覽車客運車，小到腳踏車摩托車，全都擠在那幾條路上，計程車司機大聲叫喊：「大甲大甲！」「南投南投！」湊夠了一部車的旅客量就開走，還沒載到乘客的就聚在一起聊天罵政府。地下道和車站角落有些遊民或躺或坐，腳邊的便當應該已經放了一、兩天吧，蒼蠅飛來飛去，他們還是撿起來吃。

這讓我想起高一那年，第一次自己離開台中，同行的不只同學，還有幾個學長學姊，目的地是雲林縣莿桐鄉，為了校刊要去實地探訪一些農民生活和農會的運作。其中有一個年近七十，但身體卻硬朗得像五十歲的阿伯操著台語口音跟我們說：「我當孩子的時候台灣人窮，米都煮成一大鍋粥，配幾個醬瓜酸筍就是一餐了，都不是吃飽的，都是喝飽的。現在台灣好過了，大家都有飯吃了，米也跟著不值錢了，你眼前這一片田望出去，稻作全收成也賣不到幾萬塊，我們卻要辛苦好幾個月。」

雖然阿伯身體硬朗，但多年來彎腰插秧的工作傷害，他早就已經站不直了。「背上不知道多少根骨刺喔！」他說。

對比阿伯的背影，台中車站那些遊民背後或許有許多不為人知的故事，但我總是很難想得通，如果阿伯口中的「大家都有飯吃」是真的，那為什麼還有人會當遊民呢？是因為好吃懶做嗎？還是真的有什麼不可抗的原因？

為了這件事，我寫了一篇所謂的「看法」交給校刊社的社長，為了符合篇幅需要，我還一個字一個字算過字數，一共兩千零五十二個字，不包含八十六個標點符號。「身為校刊社的一員，我也希望在校刊裡看見自己的發揮。」把稿子交給社長的時候，我說。

然後校刊出了，我翻了好幾遍，確定裡面沒有我的文章。

「社長，是我寫得不好嗎？為什麼沒有刊登？」

他拍拍我，「下次吧，下次再看看。」

然後我為此失落了整整三天。

百融是跟我一起進校刊社的同學，他功課普通，但很喜歡寫東西，舉凡日記、作文、遊記，甚至短篇小說都有，他的投稿量是驚人的一年十投，等於是我的十倍。隔年升高二，他在一個月內就寫出三篇文章交給社內，但社長好像還是一副「拎北不想登」的樣子，百融一氣之下拉著我一起退出校刊社，他說那感覺像是背後有政治力在操作，不然為什麼總是那幾個人的文章被刊登，而我們的投稿都像丟進大海的石頭。

有一天，我跟百融在學校附近的便利商店看見社長跟社內學姊手牽手走進旁邊的巷子，沒記錯的話，那個方向有一間汽車旅館，百融說他早就懷疑這兩個人有一腿，今日一見，果然應證。

其實校刊社的社員都知道社長跟這個學姊走得很近，兩人應該是在交往，但我還是覺得百融想太多，高中生哪有什麼錢到汽車旅館開房間，就算有錢，汽車旅館也不一定會讓他們消費。

但那年的校刊發放之後，我還真不知道要怎麼反駁。

那年，學姊寫了一篇〈如何保養自己的布娃娃〉，文章就被登在校刊裡。

班上每個同學翻到那篇，無不大笑三聲，校刊變成笑刊，我也開始對校刊社感到不屑。

百融對這件事非常不爽，「幹你娘咧！如果我寫一篇〈如何保養女明星寫真集〉會不會被刊出來？」

「不會，除非你願意陪社長去汽車旅館，哈哈哈哈哈哈哈哈！」這話是我說的，當下我以為這是一種幽默感，你看看我笑得多開。

但是百融卻爆發了。

他寫了一封很長的信，我想一定有數千字以上，並且直接面呈校長，校長說會處理，卻整個月沒回應。他又寫了一封信寄到市政府教育局，大概一個月後得到回覆，只有短短的兩句話：「此案屬校內社團事務，已責成貴校專責單位處理。」

百融始終對這件事耿耿於懷，一天學校週會，全校齊聚禮堂，當天他寫了一張全開海報，校長還在台上講話，他就把海報攤出來站到椅子上。海報正面寫著：「息事寧人，欲蓋彌彰。」背面寫著：「校刊社審稿黑箱作業！操！」那個操字還是用紅色的筆寫的。

對了，他那個欲蓋彌彰的欲應該是不小心寫成慾，他乾脆把多出來的心字割掉，所以海報有個洞。

「那一定是註定要寫錯的！因為我剛好從那個洞裡看見台上校長的表情，幹！好爽！」他說。

不過，一點都不意外的，他站沒十秒鐘就被兩個教官從椅子上拽下來。他在全校近三千人的掌聲中被拖出去，那畫面我永遠都記得，那是一個英雄要從容赴義的姿態。

三天後，學校穿堂的公佈欄上貼著：「二年十一班學生葉百融，因在學校公開活動期間公然搗亂，依校規記小過乙支，以為懲戒。」他跑去找教官，問說能不能影印一張做紀念，被教官罵無恥、混蛋，他卻哈哈大笑。

他這種公然對抗的所作所為在學校傳成佳話，但事件本身的結果卻不了了之。

這個世界就是這樣，不管你做什麼，一定會有人有意見。幾天之後就聽到有人說他自以為是、不知羞恥、一定是想紅。

面對這些莫須有的批評，他開始計畫要到校刊社潑油漆，我好說歹說地勸了很久才讓他打消念頭。

高中畢業之後，百融沒考上國立大學，不符他父母期待，因為他是獨子，家人期待很深，所以被逼著重考。其實以他的成績要上國立有點勉強，而且他總是說念書沒什麼前途，要不是不想讓爸媽失望，他還真想去當警察。

認識他的人都知道他的正義感很強，想當警察一點都不意外。

那時有另一個跟我們感情也不錯的隔壁班同學凱聖，他跟百融的個性就天差地別了，他一整個就是得過且過、開心就好的人，大多數人看不慣的事，他好像連聲幹都懶得罵。

放榜之後，凱聖考上輔仁，我考上東吳，我們約好百融重考的時候要去陪考，順便要他叫我們一聲學長。

「我跟凱聖都在台北，你就考來台北吧，我們在台北等你。」我說。那天我們三個去吃了湯圓，百融還在為了聯考結果心情低落。

「還好我不是你爸媽的小孩，說不定上台大他們還不滿意呢。」凱聖說。

「台大？台大補習班比較近一點啦！」百融嘴裡嚼著紅豆，一邊說著。

這些話言猶在耳，隔年百融考上清華，問他為什麼突然這麼猛？

他說：「只是剛好大部分的考題我都會寫而已。」

這時一陣刺耳的喇叭聲把我從回憶裡拉回來，原來是我哥擋到客運的路。

他騎著我的速克達，一邊騎一邊回頭警告我：「我跟你說啊，台北路很亂，天氣又差，而且人都很現實勢利，不比我們家這裡，你學校在陽明山腳下，交通狀況糟，假日常常塞車，沒事就別離開學校，知道嗎？」他講這些話的時候，有些語氣像極了我爸。

我哥大我五歲，我上大學的時候他已經在當兵，部隊在台北林口的一個憲兵營區，台北對他來說應該不算陌生，而且他的女朋友就是台北人，我想他一定跑了許多地方約會。

我哥本來是個很三八的人，話很多，也很愛耍寶，感覺很不正經，但奇怪的是，女孩子好像很吃這一套，他才高三就已經交過三個女朋友，一年換一個，還都是同班同學，我問過他，這樣不會鬧出人命嗎？

他笑笑地回答我：「這就是我厲害的地方。」

厲害？哪裡厲害？我看他是得了一種不跟同班女生交往就會死的病。

雖然我一直覺得我哥可能有過動或者是神經質的毛病，而且小時候跟我吵架打架他從來不手軟，但成長過程中他還算照顧我。小學時被欺負了，他會替我討公道，不過雖說是討公道，也只是去叫人家來跟我道歉，但我明明是想看他把對方扁一頓。

媽媽交代我哥要替我買好車票，還要幫我把速克達寄運到台北，臨進月台的時候，哥哥塞給我三千塊，說是媽媽交代給我的救命錢。

「媽要上班沒空來送你，你十八歲了，要學會照顧自己，這三千塊是媽要給你救急的，出了什麼事，這錢可以讓你吃飯還有買車票回家，千萬別亂花，把這錢收在你平常最不會拿到的地方。」哥哥千叮萬囑地交代著。

一直到我走下月台階梯，我才轉身對他揮手，他同時也對我揮手。

我記得他揮手之後的最後一個手勢是用右手比出大拇指，那個手勢我從小到大只看過三次。

第一次，是我小學第一次，也是唯一一次上司令台領獎，得獎名目是「拾金不昧」。我只是在放學回家路上撿到一個信封，裡面有一封信和好幾千塊，順路經過警察局時拿進去而已，幾天後老師就在班上表揚我，還說校長要頒獎給我。

獎品是一張表揚狀跟一小盒彩色鉛筆，只有六枝，連七色彩虹都畫不齊。

但回家之後我爸很高興，用這個手勢跟我說了聲：「很好！」

第二次，是我國中一年級的時候，我把一隻被車撞的小狗抱去找獸醫，那時我的交通工具是一輛沒有變速功能的破腳踏車。即使牠在籃子裡的時候就已經死了，我爸還是因此給我鼓勵，用一樣的手勢跟我說：「很好！」

這次，我沒有聽到我哥對我說「很好」，我也不知道他為什麼要對我比出這手勢，卻沒來由地一陣鼻酸。

漸進曲

在家裡生活了十八年，我一直以為自己是家裡最小最沒地位的，爸媽高高在上就不用說了，哥哥是我從有記憶以來就一直很尊重又有點敬畏的對象，沒辦法，他在家裡講話超有份量，連我爸都會問他的意見。

我還有一個姊姊，小哥哥兩歲半，也大我兩歲半，護專畢業之後就在醫院裡面工作，大家都說她的性格比較獨立，從來不曾給家裡找過麻煩，雖然我覺得那其實是孤僻。

我爸過世了，是一場意外，那年，我十四歲。

不知道為什麼，爸爸的棺木被放進焚化爐的時候，除了我哥之外，全家都哭成一團，我甚至哭到喉嚨啞了，沒聲音好幾天。

那天之後，我哥好像就變了一個人，他不再跟以前一樣三八，也很少再耍寶了，講話開始有一種樣子出現。

而那個樣子，像極了我爸爸。

我還記得有一天晚上，我在家裡聞到菸味。爸爸去世之後，家裡一整年沒有出現這熟悉的味道。

我循著味道找去，發現味道是從隔壁我哥的房間傳來的。

我開門進去，看見我哥站在陽台上，他回頭看了我一眼，沒說話，繼續抽。

「哥，你幹嘛抽菸？」

他又轉頭看了我一眼，還是沒說話。

「哥，你回答我啊。」

「你問這麼多幹嘛？」

「你不回答我，我就跟媽講，說你偷抽菸。」

「媽早就知道了，而且我已經二十歲了，我抽菸是合法的。」

「是喔！那你為什麼要抽菸？」說著說著，我拿起他的菸盒瞧了瞧。

「你少在這裡好奇，回你房間啦。」他把菸搶走，然後推了我一把。

「抽菸是什麼感覺啊？」

「你成年後自己抽抽看就知道了。」

「是喔！我現在就想知道，可以嗎？」說著說著，我從菸盒裡抽出一根菸。

「可以啊，如果你不怕我去跟媽講的話。」我哥說著說著，拿起打火機作勢要幫我點菸。

我沒種，我不敢，我看著手上的菸和已經湊上來的火，心裡暗悶了一陣，哼了一聲，把菸丟還給他，逕自回到我的房間。

沒多久，我就聽到我媽走進我哥房間的腳步聲，然後她說：「趙克民啊，你菸少抽點，明天要回學校了，東西帶好了沒？」

又過了一會兒，我就沒聞到菸味了。

在那一瞬間，我心裡突然覺得很難過，我好像這才真正地意識到，原來爸爸真的不在了。

此時，我點起手上的菸，那是我爸習慣抽的七星淡菸。

我趴在窗台上，今晚的台北跟往常一樣，除了最亮的北極星，其他的都看不到。

這時，一陣敲門聲傳來，「克愚，我跟政業要出去逛夜市，你要去嗎？」廖神學長站在我的房門邊問。

「好啊。等我抽完這根菸吧。」我說。

是啊，等我抽完這根菸吧。

我哥說得對，自己抽過之後才知道抽菸的感覺。

並不是菸好抽，而是好像離我爸近一點。

嗨！爸，一起抽根菸吧。

03

大一冬天某個早上，凱聖他們班跟淡江大學的女生辦了一場聯誼，身為召集人兼主辦人，他必須負起出遊前探路的責任。於是他打電話給我，要我陪他一起去探路排行程，目標是陽明山和金山老街。

凱聖這個人是標準無事不登三寶殿的人，他找你一定有事，沒事的時候，他就像是消失在地球上。

好死不死，我們約好探路那天剛好有個寒流報到，他從新莊輔大數十里迢迢到外雙溪來找我，結果氣喘病犯了。

我跟他從高一就認識了，一直到這天才知道他有支氣管氣喘病。我開始在腦海中翻閱回憶，確實以前我跟百融約他打籃球的時候，他都只在旁邊替我們撿球，我們以為他對籃球沒興趣，從沒想到他是個無法劇烈運動的人。

「可以……飛踢……台北嗎？」我們約在我學校大門口見面，他雙腿跨在摩托車上，看起來有點虛弱，呼吸聲中帶著尖銳響亮的「咻咻咻」的氣聲。

「你說什麼？」

「飛踢台北……我說飛踢台北……」說著說著，他又喘了起來。

「等等，剛剛是摩托車騎你過來的嗎？還是你騎它？你怎麼這麼喘？」

「我有氣喘病……」

「什麼？真的啊？」

他沒說話，只是點點頭，然後從自己包包裡拿出一瓶罐子，放到嘴裡用力地吸了一口。

「那是什麼？」

等到他的呼吸較為穩定之後，他解釋道：「這是吸入劑，用來擴張我的氣管，讓我呼吸順暢一些。」

「那你怎麼會這樣？」

「從小就這樣了啊。」

「認識你這麼久，怎麼沒看你這樣過？連說都沒說。」

「我有氣喘還要昭告天下啊？」

「發新聞稿比較方便。」

「哼！去！」

「所以你隨時會發病？」

「嗯，」他點點頭，「天氣變了也會，尤其是溫度濕度起大變化的時候，所以還是我們老家台中好，冬天不會又冷又濕。台北完全相反，天氣任性得跟什麼一樣，所以我才說要飛踢台北。」

「飛踢台北？為什麼？」

「就是台北這種機掰天氣變化害我又犯氣喘了，我已經好一陣子沒發作了，媽的。」

「是喔！那你要怎麼飛踢台北？」

「找一個最能代表台北的地方啊，飛踢前還要助跑！」

「所以是哪裡？」

「我還在想，想到再告訴你。」他說話時，眼珠骨碌碌地轉著，要不是我剛剛親眼看見他拿著吸入劑在吸，我根本感覺不到他正在不舒服。

凱聖一直都是個自然派的人，做什麼事都很自然，即使那件事真的很奇怪很突兀，一般人就算勉強自己去做也會卡卡的，但他做起來就是一整個順暢。

包括生病或是受傷。

高二時，有一次他在學校發生意外，上課時被課桌椅凸出來的鐵釘劃破小腿，長達二十公分，傷口之深，都看得見裡面的白色脂肪了。

結果他老兄一聲不吭，很自然地上完整節課，然後整條腿都是血卻很自然地走到我們班上找我跟百融，他指著自己的小腿說，「今天中午吃麥當勞好不好？」

我想你一定不懂他的意思，他是說，要我跟百融陪他一起到醫院去縫傷口，然後再一起去吃麥當勞。

你看他多自然。

台北的天氣最為人詬病的就是那種要下不下的雨，雨細小到用飄的，飄到你心煩意亂。偏偏細雨的密度又高，戴著全罩式安全帽的話，三不五時就得擦一下面罩，不然連路都看不到。

基本上，念文化跟東吳的學生對陽明山都很熟，也都知道去金山的路。尤其是文化的學生，學校就在陽明山上，整座山都是他們的地盤。

我還是大一新生的時候，上陽明山的頻率是每個星期三次以上，都是同學吆喝著就走了。但是我的梗梗有點年邁，每次上山都在一行十多部機車隊中殿後。

喔！對了，梗梗是我的速克達的名字，這不是我取的，是我姊取的。

「如果你希望它跑快一點，就叫它梗梗，你不覺得聽起來很像機車引擎聲嗎？萬一哪天它跑太慢，你就一直叫它的名字，梗梗梗梗梗梗，相信它會爭氣一點。」我姊這麼說。

「是喔！那如果以後妳的小孩跑步很慢的話，妳要叫他什麼？」我有點不屑地問。

「衝衝，叫久了他就會一直衝了。」

「趙克蓉，妳一點想像力都沒有。」

「不然呢？」

「要叫他子彈，他跑很慢的時候，妳就叫他子彈彈彈彈彈彈彈，他就會跑快一點。」我說。

「趙克愚，我們的對話到此結束。」

「幹嘛這樣？這明明就是妳的邏輯。」

從小到大我就喜歡逗我姊，因為我覺得她實在沒必要在家裡裝酷，而且我覺得愛裝酷又孤僻的女生很難嫁出去。

她才剛上國中就有男生在追求，其中不乏高中生，那時我才國小，高中對我來說大概跟月球差不多遙遠。從那時候開始，我不只一次在我家陽台上看著她把追求她的男生轟離我家大門，那幾個男生都穿著帥氣，而且手上不是拿著玫瑰花，就是帶著禮物，但不管他們穿得多帥、手上拿什麼東西，我姊都只用一句話就讓他們吃土：「我對男人沒興趣。」

這話我爸聽過，他的反應是點上一根菸，然後暗自沉思。

這話我哥聽過，他的反應是哈哈大笑。

當然我媽也聽過，她好幾次把我姊抓到房間裡想問個明白，結果都碰了釘子。

你想知道我的反應嗎？我沒什麼反應，因為我一直裝得自己很聰明，聰明到我好像是全家第一個知道我姊是同性戀的人。

但其實我白裝了，我媽也誤會了許多年，我姊在醫院實習時交了一個男朋友，而這個男的是她負責照顧的病人的兒子。

女人在戀愛之後真的很不一樣，我第一次看見我姊化妝，然後看見我姊晚歸，甚至聽到我姊在講電話的時候一整個輕聲細語，我突然有一種想衝上去抓住她的肩膀，然後用力搖晃她，大喊「該死的外星人！快把我姊還給我！」的衝動。

還好我把我的衝動都壓抑下來了，幾個月後他們就宣告分手，原因不明，因為她什麼也沒說，紮紮實實地失魂落魄了六個星期又兩天半。

我之所以記得這時間，是因為她在自己房間的月曆上寫「幹」，每天寫一個，一共寫了四十四個，我沒聽過她罵幹，我想她也不曾罵過幹，但不罵不代表不能寫，我猜那是她在罵自己。

第四十五天，她睡到中午起床，要我陪她去看電影。那是她這輩子第一次，也是到目前唯一一次請我看電影，我還記得電影名稱是《終極殺陣》，是一部法國片。

這部片很好笑，但她看到哭。

那天回家後，她就恢復正常了，繼續裝酷，繼續孤僻，月曆上沒幹了。

外星人終於把我姊還給我了。

跟我姊相較之下，君儀就顯得落落大方、平易近人許多。

如果我姊的樣子、身材，再加上那孤冷的性格有八十分的話，那君儀的得分就將近破表。

政業看過我姊之後有這麼一段評語：「你姊冷得像是精品店櫥窗裡的愛瑪仕柏金包，沒實力的人只能隔著玻璃看一看。」

「我姊有這麼高級？」

「她是冰山美人級。」

「是喔！那君儀呢？」

「君儀啊，她就像是運動用品店的多功能大背包，高貴不貴，人人都有機會。」

「是喔！但背包就背包，為什麼一定要是大背包？」

「我覺得她屁股有點大，老一輩的都說屁股大的很會生。」

「幹，你個色胚！只注意到她的屁股。」

「我還注意過她的胸部，如果你想餵她吃花生，就直接朝她的胸部丟過去，彈進她嘴裡應該沒問題。」

「……」

「幹嘛？什麼表情啊？不覺得我形容得很生動？」

「我相信有眼睛的都知道她發育很好，但你能不能注意一點別的地方？」

「你是說……大腿嗎？」

「腿你媽！我是說臉啊！髮型啊！」

「是喔！」他刻意模仿我慣有的口吻，「但她不是我的菜，你喜歡就挾去配吧。」他說，講得一副是施捨給我的樣子。

君儀跟我們同班，她笑的時候眼睛會稍微瞇起來，雖然不是那種會笑的眼睛，但親和力十足，如果再瘦個五公斤左右，應該可以去考空姐。

應該……吧。

我第一次上陽明山的時候就是載著君儀上去的，大一開學後沒幾天，除了政業跟室友之外，同學還沒認識幾個，班代就辦了這個活動，目的當然是要讓大家多多認識。

梗梗那天好像比較爭氣，多載了一個人也不見它有什麼力不從心，出發前我跟君儀警告過：「我是很榮幸可以載妳啦，但是我的車有點慢，如果妳不介意的話，請接過這頂安全帽。」

我把脫窗老鼠丟給她。

「你這是在暗示什麼嗎？」她說。

「什麼意思？」

「是在說我有點大隻，車子會爬不上山嗎？」

「喔不！妳誤會了同學，比起妳的體重，我更了解我車子的能力，我是據實以告啊大人。」

「好吧，姑且信你。」她接過安全帽，跨到後座，很自然地拉著我腰邊的衣服。

「我先自我介紹一下，我叫趙克愚，今天就由我當妳的司機了。」

「我叫王君儀，今天就麻煩你了，如果車子半路掛了，我可以幫忙推。」

「是喔！但這應該是不會發生啦，如果真的發生了，我會幫妳攔計程車。」

「計程車太貴了，我搭公車就好。」

「咦？啊不是說會幫我推車？」

「咦？我開玩笑的你當真？」

說完，我們都笑了出來。

或許是因為那天聊得很開心的關係，之後好幾次出遊，她都很自然地選擇梗梗當她的交通工具，但其實她有自己的機車，而且是新的，只是她說台北人生地不熟，路也不認識幾條，怕自己會迷路，根本不太敢騎車。

「有一次我迷路了兩個多小時，地點還是我自己的家鄉台南喔！補習班下課都快十點了，不知道為什麼，我恍神轉錯了一個彎卻沒發現，等到回過神來，完全不知道自己身在何處，都快十二點了還沒到家，嚇得我差點閃尿。」

是的，她說閃尿。一個清秀漂亮的女孩子說自己嚇到快閃尿，記得我當時笑得有點誇張。

「時代變了，很多人都說女孩子應該獨立一點，但我覺得到哪裡都有人載是很幸福的。」

她說。

「誰載都可以？」

「只要是認識的好朋友、同學，都可以啊！而且有個人作伴還可以聊天，不錯吧？」

「是喔！不是男生載比較好？」

「幹嘛限定？男生女生一樣好啊。」

「男生女生一樣好？這不是內政部鼓勵生育的標題嗎？」

「哎呀，拿來用一下嘛。」她說。

所以我還滿常載到她的，有時候去夜市，有時候是去看電影或展覽，載久了，對彼此的了解就像梗梗儀表上的公里數一樣慢慢增加。

喜歡也是。

君儀說，她是我的好哥們，我是她的好姊妹。除了好姊妹三個字感覺好像在說我有點娘（但我一點都不娘，我可是堂堂身高一百七十五公分以上的男子漢）之外，她這段話我是認同的，但只認同了一半。

我知道她喜歡一個他系的學長，但那個學長喜歡另一個學姊。

我喜歡君儀，君儀喜歡學長，學長喜歡另一個學姊，感情還沒開始就已經是多角關係，這太複雜了，最好趕緊抽身而退。

我知道或許放棄會比較輕鬆點，但感情又不是憑發票辦退貨那麼簡單，最好是能說放棄就放棄。

「慢慢來吧。」我在心裡這麼告訴自己。

我跟凱聖騎到金山老街的時候已經下午兩點半，兩個人還沒吃午飯，餓到前胸貼後背。凱聖說要謝謝我陪他探路，請我吃了老街知名的鵝肉。

回到台北市之後，凱聖突然想起他要去哪裡飛踢台北，我問了地點，他賣了關子，要我跟著他走。

結果他一路騎到台北市政府，下午五點半，天都已經黑了。

他車子沒有熄火，就停在市政府大門前，那兒有警察站崗，但是別忘了，他老兄是自然派的，根本沒在怕，他先在門前的白色石獅子跟大柱子之間左顧右盼，試著挑選比較適切的一個，後來大柱子雀屏中選，只見他先助跑了兩公尺飛踢大門右邊的柱子，然後轉頭看看警察，警察也在看他。然後他又踢了第二次，這次助跑了三公尺左右。警察走過來了，但他老大不甩又退後了五公尺遠，完成了第三次飛踢。

這次踢完，警察剛好走到他旁邊。

「你在幹嘛？」警察問。

他從包包裡熟練地拿出吸入劑，「飛踢台北啊……」他說，說完就把吸入劑往嘴裡塞。

「什麼飛踢台北？」

「哎呀你不懂啦。」他講完就跑向自己的機車，瞬間騎走。

我留在原地傻眼，不敢相信他就這樣丟下我，此時我正好跟波麗士大人四目相接。

「他是你朋友？」警察問。

「不，我不認識。」我說。

嗯，自然派。媽你個自然派……

後來我發現政業喜歡上君儀，頓時晴天霹靂！

有多霹靂？比霹靂布袋戲還霹靂！

大一上學期還沒結束，君儀就寫信給學長，暗示了自己對他的情愫，沒想到學長竟很快地約她出去吃飯看電影，她高興一半，「耶！學長也喜歡我嗎？」卻又猶疑一半，「但他不是喜歡另一個學姊嗎？」

後來，她告訴自己不要想太多，拋開內心的疑問，只希望有個愉快的約會，至於結果，那就聽天由命吧。

只不過，事情如果都跟人想的一樣，這世上就沒有悲劇了。

電影才開演不到十分鐘，學長就摟住她的肩膀，並作勢想親吻她。她退開了些，因為怕失禮而不敢太明顯地拒絕，就跟學長說：「我們專心看電影吧。」

看完電影，學長送她回宿舍，在門口，他毫不在乎來往的學生，一把想抱住她，還表示說想要來個吻別。

「學長……你是真的喜歡我嗎？」君儀問。

「真的啊。」

「那……你喜歡的那個學姊呢？」

「比起她，我更喜歡妳。」學長說。

後來當然擁抱也沒有，吻別也沒有，學長敗興而歸，君儀帶著一身不太愉快的感覺回到宿舍，並打電話告訴我事情經過。

然後呢？然後學長就被我揍了。

呃……我的意思是說，君儀講完之後，我就在腦海中把他給揍了。

後來學長三番兩次想再找君儀出去，我猜是因為他還沒得到她的吻，但君儀總是婉拒，我想她應該是被學長嚇到了。然後，才兩個星期不到，那學長就勾搭上另一個女孩子。學長果然是殺手級的，妹說換就換，說泡就泡。

有那麼幾秒鐘，我在想，哪天我也變成別人的學長了，我會不會這麼厲害？

「我好像總是喜歡上壞男人。」君儀有點消極。

「壞男人好像不是這樣定義的，那個學長是爛男人，不是壞男人。」我說。

「那什麼是壞男人？」

「哈哈，妳考倒我了，我也不知道。」

「克愚，你覺得我是好女人嗎？」

「妳是啊。」

「我看過一本書，它說好女人總是會喜歡上壞男人。」

「是喔！那一定是本壞書。」

「那你是好男人嗎？」

「我？我一定是好男人啊。」

「那你一定會喜歡上壞女人。」

「這也是那本書上說的？」

「對啊。」

「果然是一本壞書。」我說。

然後，寒假到了，君儀的朋友介紹了一個對象給她，我看過照片，是個斯文帥哥，剛退伍，是個普通上班族。照理說，剛在一起的情侶應該很恩愛甜蜜，但他們恰恰相反，在一起好像不是很愉快，還滿常聽到她在電話裡跟男朋友吵架，然後哭得眼睛紅腫，問她怎麼了，她總是搖搖頭說：「沒什麼啦。」然後強言歡笑眼淚掉。

好壓抑。

我不太喜歡壓抑自己的情緒，我覺得那比抽菸還要不健康。不開心的時候我一定會找朋友把那些事說出來，事情說完了，人也就比較輕鬆了。我覺得壓抑像是一種慢性病，久了就會變成大病。

還沒藥醫。

凱聖說這是一種自然的表現，因為人是群居動物，都會擔心自己脆弱的一面被別人發現，所以才會產生壓抑情緒的自然反應……巴啦巴啦巴啦巴啦……呃，不好意思，因為「自然」兩字從他嘴裡說出來導致我一整個不舒服，所以後面他說什麼我都沒聽到。

廖神學長不認識君儀，只聽政業這麼形容過她：「王君儀，我們同班同學，她的胸部是一道完美的線性代數題目。」抱歉，這是數學系的悲哀。說完他們就開始找A片女星的胸部來做模擬，兩個臭男人在電腦前面癡呆傻笑流口水……

嗯……好吧，三個……

後來廖神學長要我去跟君儀拿生辰八字，他說他要傾畢生所學來替君儀算命，不只不收費，還願意掏腰包請她吃飯，還記得他是這麼跟我說的：「我是覺得，在餐桌上為她講解命盤，應該會比較輕鬆，面對面講也比較清楚，我知道有一間氣氛不錯的義大利餐廳，我想她應該會喜歡吃義大利麵，而且最重要的是，我最近還學會了摸骨……咦？趙克愚，你去哪？你回來啊……趙克愚！」

君儀說，可能是年紀相差了將近七歲的關係，她跟男朋友之間有很多的觀念差異，這些差異在許多生活細節上一一顯露。一開始兩人還能溝通，雖然偶爾心裡不舒服，但勉強還能接受，只是當同樣的事找不到平衡點時，吵架就開始了。

她說，他們有一次去吃火鍋，本來還開開心心的，吃到一半卻為了牛肉要怎麼涮、涮幾分熟，吵到兩個人一整晚沒說話。

「可惡的火鍋！」君儀說。

「該死的牛肉！」她男朋友說。

她說這是那天晚上兩個人各別講的最後一句話，兩個人都忙著檢討火鍋、牛肉這些無關緊要的東西，卻忘了反省、思考自己為什麼要爭執這麼無聊的事。

記得我媽說過，她剛跟我爸結婚、一起生活沒多久，很快就碰上了「撞牆期」，因為他們也是朋友介紹，約會沒幾次就被家長拱著結婚的，對彼此了解都不夠深，突然間就住在一起，所有的生活細節都是衝突點。

「觀念相差的就不說了，小到那種像掃地的小事你爸都有意見，講到後來他不講了，自己拿掃把去掃，我看在眼裡，心裡也不舒服，好像在嫌棄我掃得很差。光掃地就能吵兩年，其他的就不用講了。」我媽說。

我覺得這種事情不僅會發生在夫妻或男女朋友身上，室友之間也會因此有齟齬。說真的，掃地這種小事居然能引起一個人打從心底的憤怒，是現代人都太浮躁？還是像廖神學長說的，我強迫症太嚴重？

大一時的室友，名字我根本沒能記得，因為我只跟他們相處了七天。

在那間寢室裡，我每天都像瀕臨絕種的動物，想在地球求得一席生存之地一樣，在陣陣惡臭、到處都是垃圾紙屑、滿地油湯水的環境中努力地活下去。

一間寢室住八個人，有五個人的生活習慣極差。

一個喜歡吃泡麵，吃完從來不收，可以疊好幾碗，疊到湯發臭。

一個喜歡擦萬金油提神，擦到我覺得他好像已經上癮，整個寢室都是萬金油的味道。

一個不太愛洗澡卻很愛噴香水，而且還不只一罐，幾乎每天換牌子換味道。

一個超愛打籃球卻從來沒在洗衣服，遠在兩公尺外就聞得到他衣服的汗臭味。

還有一個喜歡喝飲料，卻從來都喝不完，飲料就擺在地上，不小心踩到就噴一地。

「啊幹！」這是他踩到飲料之後的第一個反應，也是最後一個。

拎老師教ABC咧！他為什麼從來沒想過拿面紙擦一擦？

在那裡七天，我掃了十六次地。

在那裡七天，我拖了十一次地。

在那裡七天，我丟了十四包垃圾。

沒關係，這些我都可以忍，但就在第七天，我在自己的床上看見我活到十八歲還沒看過也沒用過的東西——保險套包裝，而且是拆開的，裡頭的套子不知去向！

我崩潰了。

我驚慌得不知道該不該在自己的棉被跟枕頭下面翻找那可能用過丟在我床上的保險套，我心裡好亂，看著天花板的時候，覺得它好像下一秒就會塌下來，我害怕它塌下來，卻又希望它快點塌下來，這樣我就可以死得快一些，不需要為了一個保險套煩惱到不知如何是好。

人生第一次覺得自己極度無助，同時又懊惱自己為什麼這麼沒用，只不過是一個三公分平方的小包裝，卻可以讓我如臨世界末日。

還好政業救了我，他協調了自己的室友跟我交換寢室，我離開了那間對我來說像是地獄的房間，住到政業的隔壁床。

那一刻起，政業對我而言就是個有夢想又有義氣的朋友，簡直就是我的救命恩人，我不知該如何報答他，於是請他吃了一個七十五元的便當。

喔，對了，還附了一瓶純喫茶。

所以我在想，君儀跟她男朋友是不是也一樣，撞牆期？

牆撞破了之後，就會有溫暖和煦的光灑進來，像厚重的積雨雲開了個洞，陽光重臨大地一樣，人生就開始一片美好了，對吧？

錯。

撞破了這道牆，還有下一道牆；撞破了下一道牆，還有下下一道。

像鬼打牆，像國高中時永遠考不完的考試卷，像社會新聞永遠播不完的搶劫強姦殺人放火，像廖神學長永遠囉唆不完的嘮叨。

那要怎麼才能不撞牆？

是的，分手。分手後就沒牆了。

你知道小貓小狗多大的時候可以開始打預防針嗎？答案是三個月。

而君儀跟斯文帥哥的戀情剛好就維持了三個月，我靠，連預防針都還沒打就嗝屁了。

過了一陣子，端午節到了，君儀似乎還在思考自己的愛情為何這麼短命時，夏天就悄悄地溜出來玩了。

其實在端午節前一個多星期，宿舍裡就到處飄著粽子的味道。為了讓粽子吃起來更美味，其中一個室友阿B買了金蘭醬油膏跟愛之味甜辣醬。如果桂冠蛋餃燕餃有「火鍋好朋友」的美名，那這兩瓶絕對就是「粽子好幫手」。

因為好多人的爸爸媽媽親戚朋友送來了太多粽子，導致那一週大家天天都在吃粽子，與人擦肩而過的問候語就是「吃粽子了沒」，然後不知道是哪間寢室開始的莫名其妙惡搞，整棟宿舍有一半的人精神錯亂。

「嗨！想睡覺嗎？吃粽子。」

「怎麼了？心情差嗎？吃粽子。」

「什麼！你報告沒交嗎？吃粽子。」

「哎唷！女朋友跟別人跑了？吃粽子。」

其中一天，我剛上完課，走在宿舍走廊上，蹺了半天課的政業大老遠就衝著我大喊：「趙克愚，你腦袋有洞嗎？吃粽子！」

粽你老木。

連續吃太多粽子的下場，就是在廁所裡比賽誰的便秘比較嚴重，當然，也包括我在內。有一天下午，政業上完廁所回來後朝著我們大叫，說他的大便是紅色的，擦屁股的時候整張衛生紙都是血。

「幹！血便耶！我會不會是大腸癌？天啊！」陪他去醫院的路上，他一邊騎機車一邊哀號，像是天要塌下來。

結果，醫生說那只是痔瘡破了。

政業雖然是條漢子，但漢子都愛面子，他一路叮囑我絕對不可以把痔瘡的事說出去，還要我發那種一輩子交不到女朋友，或是看A片電腦就當機的毒誓。為了我美好的未來和美麗的女優們，我只好無奈地答應他。

端午節那天，早上十一點多，政業跟阿B這兩個腦袋有洞的白癡在比賽誰可以把蛋立在額頭上，而腦袋已經泡水很多年的廖神學長在一旁忙著當裁判時，君儀打來電話。

「克愚，陪我去看龍舟比賽好嗎？」她說。

我們約了中午一起吃午飯，然後去看划龍舟。

從見面到龍舟賽場地這一路上，君儀的笑容都很勉強，我猜她應該是心情不好，但為什麼不好，我沒有問。

龍舟賽場聚集了很多人，於是我們選了一個很邊緣的地點，遠方的龍舟看起來大概跟我小拇指的第一指節差不多大。

君儀站在我前面，我們旁邊站了一對帶著兩個孩子的夫妻，比較大的那個看起來大概八、九歲，臉很臭，手裡拿著粽子，愛吃不吃地嗑著，我想他一定覺得龍舟賽很無聊。

過了一會兒，這個爸爸開始說起端午節的由來，說到粽子跟屈原之間纏綿悱惻的愛情故事……這個孩子突然回頭看了他爸爸一眼，然後把手上啃了一半的粽子往河裡丟，丟出去還不忘說：「屈原，給你吃。」

本來看似心情不佳的君儀因此開心地笑了起來，但為了不讓旁邊的夫妻尷尬，她選擇靠在我的手臂上。看她笑到身體不停抖動，我也像是被點中笑穴一樣地笑了起來。

誰知道龍舟賽還在進行，突然一場雨嘩啦啦地就下起來了。

君儀從她的背包裡拿出一把淺藍色的折疊傘，傘都還沒打開，她就說：「傘很小，湊和一下吧。」

那場雨大概下了半個多小時，雨後陽光立刻露臉，遠處還掛了一道彩虹。

因為君儀站在我的右邊，所以我淋濕了我的左半身。

因為我站在君儀的左邊，所以她淋濕了右半身。

在回去的路上，梗梗好像身體不太舒服，在距離學校大概一公里不到的地方，它就罷工不幹了。我要君儀先回學校，打算自己牽梗梗去機車行找醫生來醫治它就好。但君儀說她閒著沒事，堅持要跟我一起去。

診斷結果，梗梗的皮帶斷了，花了我幾張百元鈔。

醫生在替它開刀的時候，君儀收到一封簡訊，她看完之後，笑著對我說：「哈哈！政業吃錯藥了。」

回到宿舍，我發現兩件事：

第一，阿B在走廊大喊政業是痔瘡王，宿舍一陣歡聲雷動。

我並沒有出賣他，是他自己忘了把藥膏收好。

第二，晚餐後，他把我拉到一旁說：「我錯了，她是我的菜。」

說完，他給我看了他傳給君儀的手機簡訊。

「君儀，我喜歡妳。」

六個字，一個逗點，一個句點。

我的世界，悶悶的，一聲巨響。

也是……我的菜。

05

因為生活常有太多的不愉快了，
像是在暴風雨中求活。
於是，我在心裡築著堅強的堅牆
努力讓自己住在晴天裡。

這是君儀的名片檔，每次上BBS站，我都會查詢她的ID，然後讀一遍。
悶悶的。
一聲巨響。
轟！
上次在心裡聽到這聲巨響時，我正在教室裡背 wonderful 這個單字，意思是美好的。
那時我國二，英文老師極凶，是個女的，感覺她跟每個學生都有仇，在她眼中，彷彿只有考試成績九十五分以上的學生才是人，其他的都是未開化生物，來學校只會吃便當。
有項統計顯示，學校老師愈凶，學生愈達不到要求的比例是七九．七％。

我想做出這項統計的人一定曾是七九．七％的一份子。

我們班有四十七個學生，英文考試平均在九十五分以上的只有四個，老師很喜歡他們，給他們一個團體稱號叫四大天王。

我跟其中一個自認為長得跟黎明一樣帥的傢伙感情還不錯，準備英文考試時，也都會請教他重點整理的方法。有一次跟他在台中車站附近遇到外國人問路，那當下自然就是黎明好好秀一下平常所學的好時機了。

「嗯……呃……I think……go to……」他結巴了半天，老外聽著他的英文，眉頭都快皺到下巴，只好跟他說謝謝，另外找人問路去。

我在一旁看著黎明的表現，傻眼。

我們班的英文四大天王，英文平均九十五分以上，一句「再過兩個紅綠燈就右轉」都講不出來。

我當時在想，老師究竟是在訓練我們變成考試機器，還是真的希望我們能學好英文？看看黎明的表現，我想答案很明顯。

我承認，我就是那七九．七％的其中之一。

我英文爆爛，爛到只會說 How are you、I am fine, thank you，還有 fuck you。還記得當時我在 wonderful 旁邊寫上「汪得佛」三個字，然後在心裡對著自己說：「汪汪叫就會得佛，所以很美好。」

這時有個人跑到教室外面，把老師叫了出去，沒幾秒鐘，老師轉身進來看著我，「趙克愚，快收好東西回家，你爸爸出了意外，被送到醫院去了。」

轟！

人生記憶的首段空白就是出現在這時候，我是怎麼回到家，又是怎麼到醫院去的，我一定印象都沒有。記憶的接續點是一片大大的隔離門，門外有四個大字：「加護病房」，我爸就躺在裡面其中一個床位上，而我媽則坐在外面走廊的椅子上，低頭不語。

然後我哥來了，到了下午，我姊也來了。

我們三個坐在媽媽旁邊，不停地安慰著，安慰到最後，連一個字都吐不出來。我們都知道，那些聽起來像是互相安慰的話，其實都只是說來安慰自己的。

四天後，我爸走了。

換其他親朋好友來安慰我們了。

我媽接受不了，她說這一切都不是真的。

我哥接受不了，他說哪這麼容易一個人就沒了。

我姊只是哭，只是哭，哭到她在說什麼都糊成一團根本沒人聽得懂。

但對我來說，這當中沒有存在過什麼能不能接受的問題。

我完全理解到，從那天開始，我就沒有了爸爸。撞死他的人賠再多錢給我家，我還是沒有爸爸；同學們寫再多卡片安慰我，我還是沒有爸爸。

說什麼都沒用，做什麼都來不及，我就是沒有爸爸了。

既然沒有了，那留下了什麼？

一直到辦喪事那天，我都還在回想，最後一次見到我爸的時候，我到底跟他說了什麼，而他又回了我什麼。

我在一陣撕心裂肺的哭聲中想起他跟我最後的對話。

「克愚啊，大姑姑家電話幾號？」

「〇六，三八六×××。」

「哈哈！有你在，電話簿都可以丟了。」

當時的畫面一一重演著，這對話在我腦海裡迴蕩著。在我家的小小餐桌上，我哥在桃園念大學不在家，我姊在林口念護專不在家，我媽做完早餐出門去運動不在家，我是全家唯一一個在爸爸出意外前還跟他相處的人。

而我竟然只說了一個電話號碼。

轟！

整整一年，沒有人動過爸爸習慣放菸的小桌凳和木製的菸灰缸。媽媽沒動，哥哥沒動，姊姊沒動，我更不可能去動。一直到隔年清明，我們去祭拜爸爸的時候，媽媽才在他的塔位前丟銅板擲筊問他：「把你的小桌凳清一清，好嗎？」

小桌凳清掉了，我哥就開始抽菸了。

他把爸爸的小桌凳從待丟的垃圾堆裡提了回來，放在自己的房間，他說，桌凳沒壞，爸爸就在。

我有些嫉妒，我也想要一個爸爸的東西。我跑到我媽房間去搜刮，結果找到一條領帶，我媽說那是我爸唯一的領帶，是他們結婚時特地買了，這輩子就用那麼一次，然後就封存得很好。媽媽說領帶上有一些污漬，是我爸被親友灌醉，吐了自己一身留下的。

我把那條領帶拿回我的房間，掛在衣櫥裡最隱祕的地方。

高中聯考前一個晚上，我把那條領帶拿出來，掛在自己的脖子上，然後K了一晚上的書。睡覺前，我把領帶掛回衣櫥，然後雙手合十，請求爸爸保佑我考試順利。

第一天考國文、數學、自然。走出考場，一堆人在外面發補習班老師解題的答案卷，對了一下，我考得很不錯，爸爸果然有保佑我。

第二天考英文、社會。

我在英文試卷上看見一個單字：wonderful，一陣鼻酸瞬間來襲，我趴在桌子上，哭到監考老師來問我怎麼了、是不是壓力太大、要不要叫救護車。

Wonderful……won 你媽的 ful。

轟！

凱聖在我便秘到第三天時傳訊息來問我：「人是死是活？」

我回他：「活，但滿肚子大便，別約我吃粽子。」

距離上次陪他探路至今，又將近半年沒見了，他現在找我一定有事。

我們約在公館的一間冰店，他說要請我吃冰。

到了冰店，我想起他有氣喘，便問他，氣喘病人能吃冰嗎？他笑著沒說話，只是拿出他的氣管擴張吸入劑在我面前晃兩下，然後他就點了紅豆花生牛奶冰，並且自作主張替我點了香蕉冰。

「為什麼幫我點香蕉冰？我並不想吃香蕉冰。」

「因為你便秘。」

「便秘吃香蕉有效？」

「沒錯。」

「為什麼？」

「因為香蕉軟軟的。」他說，表情非常認真嚴肅。

面對這種自然派邏輯，我還真不知道他講的到底是真是假。

然後凱聖說，上次他們班跟淡江的女生聯誼之後，男女互留電話的比例高達九成。這九成裡，之後有繼續聯絡超過一個星期的，剩下五成。這五成裡再繼續聯絡超過一個月的，剩下兩成。這兩成裡，到現在已經將近半年了還在聯絡的，只剩下他。

「這女孩真可憐。」我說。

「你說什麼啊？」

「喔不……請原諒我說錯話，我想說的是，這女孩真英雄，我能認識她嗎？」

「為什麼？」

「能跟你這種怪人聯絡超過半年的，除了我跟百融之外，應該就只剩下她了。」

聽完，他歪著頭想了三秒，「欸！真的耶！我朋友好少喔！喔耶！」他歡呼著。

「好啦，我差不多也猜到了，你今天找我，一定跟這個女孩子有關係，對吧？」

「趙克愚，諸葛孔明都不及你萬分之一的聰明啊！」

「拍馬屁就不用了，快說吧。」

「我先跟你說，這女孩長得清秀，人又體貼，很善解人意，完全跟我一樣。」

「哪裡跟你一樣？」

「你不覺得我善解人意嗎？」

「你是善解人衣吧你。」

「克愚，你對我的誤會大了，善解人衣這件事情，我目前還在找練習對象，我希望就是她。」

「喔，隨便啦。她叫什麼名字？」

「叫李夜柔，顧名思義，到夜裡會特別溫柔。」

「……」

「你先別急著翻白眼，你放心，我不會要你幫我追她。」

「那你要我幹嘛？」

「我只要你幫我一個小忙。」

「什麼忙？」

「再兩週就期末考了，而她一直跟我說她很擔心微積分……」

「哇靠！」

「對！就是這個哇靠！我當時聽到的時候也在心裡喊了一聲哇靠！」

「……」

「所以你能不能幫幫我……」

「去教她微積分？」

「哎呀！諸葛孔明都不及你萬分之一的聰明啊！」他說。

於是，連續兩個週末，我都在淡水捷運站旁的麥當勞裡，從中午十二點一直到晚上七點，負責教李夜柔微積分。

當然，不是一對一，因為林凱聖會很溫柔地全程陪伴。

他說得沒錯，她是個很清秀的女孩子，比起我姊的冷豔，再比起君儀的落落大方，李夜柔就是個氣質突出的女生。

但是她的數學真的很爛，一堆很基本的學理都不太靈光，微積分就不用說了。凱聖在一旁打圓場，說經濟系的微積分不需要太強，能過就好，就像他，念企管，微積分也是隨便看一看。

其實凱聖的微積分並沒有比李夜柔好到哪裡去，但因為他是個自然派，被當掉也很自然，所以管他去死。

當了三天的微積分小老師，我從凱聖那兒賺到一客我家牛排和三份麥當勞七號餐。要離開之前，凱聖拉住梗梗，手搭上我的肩膀，用非常誠懇的表情和眼神看著我說：「克愚，你的表現真是太精彩了，艱深無比的微積分，在你清楚明瞭的教學當中變得平易近人，重要的是，你幫了我一個大忙，真不愧是我最好的朋友，下次考試，我一定要再請你來教李夜柔……咦？克愚，你要去哪裡？我還沒說完啊……」

回到學校，因為期末考將至的關係，寢室裡幾乎每個人都在K書。人家說大學四年其實都在玩，真正念書的時間只有考前三天。

我放下背包，環顧了一下，發現有兩個人不見了，一個是政業，一個是阿B。

我打開電腦，連上BBS，看著身旁的室友都在為期末考奮戰，我卻連一點想念書的心情都沒有。

因為生活常有太多的不愉快了，

像是在暴風雨中求活。

於是，我在心裡築著堅強的堅牆

努力讓自己住在晴天裡。

這是君儀的名片檔，每次上BBS站，我都會查詢她的ID，然後讀一遍。

而今天，我看著這個名片檔，呆了好久好久，直到聽見阿B在走廊上大聲喊著「痔瘡王，你出運了」，我才回過神來。

政業走進寢室的時候，手上提著吉他，表情非常開心，像是吹了一整年的春風一樣，春風整個黏在臉上，導致他整個人都在發春。

「痔瘡好了是嗎？怎麼爽成這樣？」我問。

「媽啦！今天君儀生日，我請她吃飯啊！你也太晚回來了，本來想找你一起去的。」政業跑到我旁邊，語調高昂地說著。

「是喔！那吃飯幹嘛帶吉他？」

「送她生日禮物啊！我彈了一首歌送給她，她很喜歡耶！」

「哪首歌？」

「惠妮休士頓的 I will always love you。」

「你有唱嗎？」

「沒有耶，你知道的，我唱歌不好聽。」

「謝天謝地，還好你沒唱。那阿B呢？他在幹嘛？」

「他在旁邊替我拉炮，但是完全沒拉準，媽的這個手殘白癡！我整客牛排都是炮裡面的亮片！」

說完，室友們就討論起今晚政業的豐功偉業。

這時，我收到一則簡訊，來自君儀。

「克愚，我以為今晚你會跟政業一起來。」

看著簡訊，我呆了幾秒，抬頭看了看討論得正熱烈的室友們，也看見了政業臉上滿足又開心的笑容。

「該是放棄的時候了吧，趁還能回頭，趁還沒有任何人知道的時候。」我在心裡這麼說著。

我拿起手機，回覆了君儀。

「生日快樂。」

四個字，一個句點。

轟！

轟！

超級大絕招

因為我跟他的補習班不同，
我根本不知道那女孩是誰，
當然百融也不知道。

他說成敗與否，在此一役，講得好像要打仗一樣。

「這是我林凱聖的超級大絕招！」他邊說邊握拳，
信心十足之外，還伴著一種天下無敵的氣勢！

當然，只有他自己以為天下無敵。

「期末考結束，就是狂歡和寂寞一起開混合 party 的時候了。」

這話不是我說的，我講話沒這麼假掰。

這是廖神學長上火車之前在剪票口跟我說的。

期末考一結束，他就要我載他去車站，說是要回家去過一過鄉村生活，在台北像快被悶壞的肉圓，他想念他家田埂小溪流裡的青蛙。

「看著那些跳啊跳的青蛙，我感覺到那豐沛的生命力。」把票給剪票員的時候，他這麼說。

「或許這就是家鄉的吶喊，催促著我加快回家的腳步。」走過票口，他回頭看著我說。

「下次再見，便是六十餘日之後，你要保重身體啊，我親愛的學弟。」他雙手緊握，表情誇張地說。

「若你突然想念，拿起電話，我隨時都等待著你……」

「我靠你去死吧！」嗯，這是我說的。

雖然他平常講話是囉嗦了點，但也不至於發展成這樣的調調。感覺像是一個還在發育的青少年，對自己的性別產生了莫名其妙的錯誤認同，導致他在已經二十一歲的時候還搞不清楚自己是男是女。

後來我從廖神學長的同學那兒得知，原來他在家鄉有個在一起兩年的女朋友，小他一歲，因為家境不好，所以放棄念大學的機會，在家幫忙工作。每到寒暑假，廖神學長一定會立刻回家，嘴巴上說是要回去孝順父母，其實都是趕著去陪女朋友。

「克愚，你要習慣，廖家青這個人每次要回家就會詩性大發，自以為情聖。」學長甲說。

「真的！連洗澡都會唱歌。」學長乙說。

「欸，我聽說那女孩子好像有個外號，叫作什麼……安娜？」

「不是安娜啦！是雷夢娜！」

「雷夢娜？他媽的哪個低能兒取的外號？」

「就廖家青啊。」

「……」

為什麼取雷夢娜？拜託別問我，天知道廖神學長在想什麼。

學長甲說，廖神學長很喜歡雷夢娜。他們大一寒假時去阿里山玩，當時廖神學長才剛認識雷夢娜沒多久，兩人只是朋友，還沒交往。他們在旅館裡睡到一半，廖神突然驚醒，嚇壞同房的另外三個人，問他是不是做惡夢，廖神搖搖頭，開始傻笑起來，其他人看著他的表情，以為他中邪了，全身汗毛都豎了起來。

結果廖神學長說了一句話，「觀世音菩薩託夢給我，說雷夢娜就是我將來的老婆。」

其他人聽完幹聲四起，廖神學長立刻被處以阿魯巴極刑。

送走了廖神學長，就到了他說的混合 party 時間。

騎上梗梗之後我在想，寂寞和狂歡分別身處極端，是要怎麼開混合 party 呢？而答案當晚立刻揭曉。

錢櫃的二十人大包廂裡至少擠了三十個人，我認識的只有三個。

啤酒像是不用錢一樣，一箱一箱地送進來，空罐子的屍體遍佈整個包廂地板。

不知道那個誰的同學的女朋友生日，就算根本不認識她，也不能吝嗇跟大家一起唱個生日快樂歌，然後蛋糕不是拿來吃的。

幾瓶啤酒下肚之後，我才發現自己的酒量似乎有待訓練。

政業跟阿B兩個人被拱著喝交杯酒還要接吻，他們喝掉的酒至少是我的兩倍。

我點的歌永遠不會出現在螢幕上，因為每個人都在瘋狂插歌，卻沒有人認真唱歌。

有人的手機泡在酒裡，他的反應是大罵幹你娘之後立刻哈哈大笑說再買新的。

有人的女朋友好像在生悶氣，罷著廁所半個多小時不出來在裡面吵架。

唱到一半有人肚子餓點了雞翅膀，但我看到那翅膀在空中飛。

有人一會兒哭一會兒笑，酒後人格分裂症候群？

政業介紹他認識的其他幾個朋友給我，我三分鐘就忘了他們的名字。

喝酒助興的遊戲一樣一樣拿出來玩，玩到後來連冰塊都可以往內褲裡面倒。

這就是廖神學長說的狂歡，就只為了慶祝期末考結束。

然後我立刻就感受到寂寞，因為在這麼熱鬧吵雜、音樂聲震耳欲聾的環境之下，我竟然聽得見自己的聲音。

我在說：「我到底在這裡幹嘛？」

然後眼前的人開始出現慢動作，我以為是他們故意的。過了一會兒，我發現並不是只有幾個人慢動作，是所有人都慢動作，我就知道酒精開始起作用了。

還記得我說整個包廂裡超過三十個人，但我只認識三個嗎？

第一個是政業，第二個是阿B，第三個是君儀。

後來我跟政業說我頭有點暈，要先回宿舍了。

走出錢櫃，天空閃了幾下，沒過多久，雷聲就傳到耳裡。梗梗的鑰匙孔從一個變成兩個，我知道我沒辦法騎車了。

坐在梗梗上，我還在思索要怎麼回宿舍時，君儀走到我後頭拍拍我，「醉了吧你？」她說，是她一貫親和的語氣。

「應該喔。」我點點頭。

「大概幾分？」

「嗯……晚上十點三十七分。」我看了看手錶，回答。

「不是啦！」她哈哈大笑，「我是說你現在幾分醉？」

「不知道耶，應該有三分吧。」

「不只三分吧，趙克愚。」

「哈哈！妳說得對，不只三分。」

「我去幫你買瓶水。」她說，說完就跑掉了。

過了幾分鐘，她拿回來兩瓶水，遞了一瓶給我，然後說：「上面玩成這樣，已經開始無聊了，我們回學校吧。」

「啊！呃……我沒辦法騎車，頭還暈著。」

「沒關係，我載你。」

「妳沒喝酒嗎？」

「我沒喝啊。」

「是喔！我都沒發現！」

「鑰匙給我吧。」

我從口袋裡拿出鑰匙，遞給她，同時問了她一句：「咦？政業載妳來的嗎？」

這句話像是有一種魔力，至少有醒酒的魔力，不知道為什麼，說完這句話，我好像瞬間就酒醒了。

她看著我，我看著她，就這樣呆站在原地，看著對方的眼睛。

「對啊，他載我來的。」她說，微笑著。

「那……我們這樣走了，他怎麼辦？」

「不怎麼辦啊，就回學校而已。」

「可是，他……他不是喜歡妳嗎？」

「有嗎？他開玩笑的吧？」

「他沒開玩笑，他是認真的。」

「你又知道了。」

「我知道啊，他有跟我說。」

「但我沒有喜歡他啊。」

「是喔！可是……」

「可是什麼？」

「可是，這樣不太好。」

「哪裡不太好？」

「會有誤會吧？」

「克愚，我問你，有沒有人規定誰跟誰表白了就一定要在一起？」

「沒有。」

「那有沒有人規定我讓誰載來就一定要讓誰載回去？」

「沒有。」

「那我有沒有自己選擇跟誰一起回學校的權利？」

「有。」

「所以你是不是想太多了？」

「呃……」

「不用呃了啦！上車吧。」她拉了我一把。

我記得高中的時候，百融曾經拿一本不知道是什麼雜誌還是週刊的東西，遞到我跟凱聖面前，「如果哪天我們三個遇到這樣的問題，你們會怎麼做？」他問。

那個題目是這樣：「男人的義氣，該不該用在愛情上？」

底下的敘述大意是說，跟自己的好朋友喜歡上同一個女孩子的時候，你會怎麼選擇？選友情？再怎麼喜歡都願意割捨讓步。

選愛情？不管朋友怎樣，一定要搶到手。

選擇公平競爭，那麼願比就要服輸。

或是不用選，相信自己這輩子絕不可能遇到這種事。

我記得百融選了友情，凱聖選擇了愛情，我則選了第四個。

後來看了底下的統計結果，在一千九百四十八份有效樣本數中，選友情的佔了二六%，選愛情的佔了一九%，選公平競爭的高達四七%，剩下八%的選擇跟我一樣。

然後，底下繼續寫著，這是一個很有趣的數字分析。

面對同性友情，男性一向自詡是極為講義氣的生物，但是當愛情與友情相牴觸時，有將近一半的人選擇放棄義氣，願意為愛競爭。這跟許多其他的動物一樣，雄性必須幹一場轟轟烈烈的架才能擄獲雌性芳心。

那有趣的地方在哪裡？

在於女性跟其他動物不一樣，她們不一定會選擇贏家，她們會選擇自己喜歡的那一個，即使他這場架幹輸了。

於是，不管男人再怎麼選擇，關鍵永遠在於女人。

看到這裡，我跟百融、凱聖三個人互看了一眼，「這在耍誰啊！問卷做一做，然後說你們怎麼選都沒用，因為女人才是關鍵，那幹嘛做問卷？」凱聖嚷嚷著，百融當下補了聲幹，那天下課，我們就把那本雜誌給丟了。

但就算雜誌丟得再遠，也無法否認這其實是男人的一個人生課題。

至少，這個課題被我遇上了。

那天，車騎到半路，君儀的電話就響了，想也知道是政業打的。

我不知道政業說了什麼，只聽到君儀說她累了，想先回宿舍，所以就走了。

她沒有提到我，她沒有提到正坐在她背後拉著機車後桿子的我，儘管我心裡有些過意不去。

然後，我的安全帽啪的一聲，一顆好大的雨滴打在我的面罩上，「哎呀！下雨了！」君儀在前面喊叫著。我要她把車往路邊靠，沒一會兒，黃豆般大小的雨就嘩啦啦地下起來，還伴著轟轟的幾聲悶雷。

我沒有大雨衣，只有一件便利商店那種二十塊的保證淋濕牌塑膠袋，往周圍一看，最近的便利商店至少還有兩百公尺遠。

「沒關係，我們躲一會兒吧。」君儀說。

那場雨大概下了半小時，那半小時閒著也是無聊，我跟她玩起了假裝搭訕的遊戲。

我說：「小姐，一個人啊？躲雨嗎？」

她說：「老套，我不會理你。」

我說：「小姐，我是××銀行專員，要辦信用卡嗎？」
她說：「誰在躲雨的時候辦信用卡？」
我說：「小姐，我這裡有一件二十元的輕便雨衣，賣妳十塊就好。」
她說：「都搭訕人了還要錢，不是應該送嗎？」
我說：「小姐，妳別再囉嗦了，快把妳的電話給我。」
她說：「你這是搶劫，不是搭訕。」
我說：「我們等等再去補幾瓶啤酒吧，醉了就一起睡在公園裡，妳睡著了我會抱著妳不讓妳著涼。」
她轉頭看著我，「趙克愚，你現在是在搭訕還是說真的？」
說真的。我是說真的。
我心裡明明這麼說，但我表現出來的是：「哇哈哈！妳當真什麼啊妳！」我用手指著她，誇張地笑著，很誇張，誇張到連我都覺得自己在演。
我不是演戲的料。
雨停了，搭訕遊戲立刻結束。回到學校之後，君儀跟我說，她坐不慣政業的打檔車，還是梗梗比較有親切感。
我想回應些什麼，我的腦袋快速地組織，又瞬間崩毀。

我想說我也比較習慣載妳，我想說其實我一點都不希望妳讓政業載，我想說我希望能一直一直載妳，載到畢業都沒關係，我想說如果畢業後妳不嫌棄，我還希望能繼續載妳。

但我什麼都說不出來，我血液裡還有酒精竄流，我腦子裡還有醉意，我想打電話跟百融和凱聖說，他媽的我其實是想選愛情。

「我替梗梗謝謝妳，哈哈。」我說。

哈哈。

趙克愚，哈你個ＢＢ槍！

回到宿舍，一陣超強的疲憊感襲來，強到我連澡也懶得洗了，躺到床上想一覺睡到世界末日。

這時手機傳來訊息聲，君儀說，「克愚，你剛剛是不是有什麼話想說？」

我思考了一會兒，回了她兩行字。

「我也在心裡築著堅強的堅牆，一起努力讓自己住在晴天裡吧。」

07

暑假過後我們就升大二了，廖神學長邀我跟政業一起住。

「我兩個室友都搬走了，你們跟本神有緣，我們來當室友吧。」他說。

看了他住的地方，我嫌吵，政業嫌小，於是廖神學長退了租約，跟我們另外找了一間三房兩廳兩衛浴的老式公寓。

公寓在三樓，三十年的房子了。老歸老，但很幽靜，也很乾淨，從樓梯間的整潔程度，就可以看出鄰居們很用心維護的痕跡，每一戶都有盆栽，整排的連棟公寓綠意盎然。

房東是一對退休的夫妻，人很好，因為我們是學生，租金也特別算便宜一些。房東先生說，想租他們的房子，只有兩個條件，一是要我們定時照顧陽台上的花草，二是不能養寵物。

聽到這裡，我跟政業互看了一眼，然後當著房東夫妻的面把廖神學長丟出去。

搬到公寓的第一個晚上，政業就跑到我房間，問了我一個很直接的問題：「你到底喜不喜歡君儀？」

我被他問傻了，頓時整個人凍結在原地好幾秒鐘，他走過來敲敲我的額頭，「一二三木頭人？」

我撥開他的手，「你問我這個幹嘛？」

「沒有，我要確定如果我放膽追她，會不會影響到我們的友情。」

我看著他，思考了一會兒，慢慢地吐出四個字：「你、神、經、病。」

「這是什麼意思？」

「就是你神經病的意思。」

「這表示不會影響？」

「是要影響什麼啊？我並沒有喜歡她啊。」我說。

老天，我竟能這麼自然地對他說謊，也對自己說謊。

「你、確、定？」

「懷疑啊？」

「你、肯、定？」

「真的啦！」

「那、我、要、追、囉！」

「去追啊，干我屁事。」我故作不在乎。

逞強。幼稚的逞強。

然後，過了幾天，我參與了一場轟動校園的告白行動。

是，我只是參與，我只是幫忙的。

還記得高三那年，學期才剛開始，凱聖決定向他暗戀了三個星期的補習班女孩告白，他跑來找我幫忙。

對了，還有百融。

因為我跟凱聖上不同的補習班，所以我根本不知道那女孩是誰，當然百融也不知道。

他說成敗與否，在此一役，講得好像要打仗一樣。

「這是我林凱聖的超級大絕招！」他邊說邊握拳，信心十足之外，還伴著一種天下無敵的氣勢！

當然，只有他自己以為天下無敵。

我是不知道暗戀女生三個星期對一個十八歲的男生會產生什麼樣的作用，因為我的思春期似乎來得比其他人還要晚，但從凱聖那段時間的不正常來看，似乎真的有很大的影響。

以前，我們經常在學校大門口說完再見之後分道揚鑣，然後直接到補習班報到，他去他的，我跟百融去我們的，但那段時間他總會提前在大門口等我們，然後問我們說：「我看起來怎樣？精神還好嗎？頭髮有沒有亂？」我們當時覺得很奇怪，一個完全自然派的男生，為什麼突然變得這麼娘砲？後來他向我們坦承在補習班看上一個女孩之後，這一切的不正常終於有了合理的解釋。

「你們兩個今天提早蹺課，來我補習班樓下等我。」他說。

「你要我們蹺補習班的課？」百融問。

「沒有全部蹺啦，蹺最後一節就好。」

「要幹嘛？」我好奇地問。

「來幫我告白。」

我跟百融一聽，嚇了一大跳，「告白？跟誰啊？」我們異口同聲地問。

其實我們本來不想答應，但人性就是這樣，心裡的好奇會趨使你去探究答案，我們不是拗不過凱聖的要求，而是想去看看這女孩子到底長怎樣。

蹺了最後一節補習課，來到凱聖的補習班樓下，他已經站在那兒等我們了。

凱聖遞給我們一人一張白色壁報紙，說那是我們要使用的道具。我打開我的，上面寫著「給他一個機會吧」，百融打開他的，上面寫的是「他喜歡妳」，還畫了一個很醜的戴墨鏡的男生的臉，旁邊有顆歪歪的愛心。

「這是三小朋友？」百融首先幹譙出來。

「這拿去參加海報比賽都會被劣退啊！」我完全無法掩飾我的鄙夷。

「幹！你不要打擊我的信心，這畫害我整夜沒睡，畫了三個小時耶！」凱聖說。

「我念小學的表弟都畫得比你好。」百融忍不住吐槽。

「好啦，你們先聽我說完，」凱聖不知道是興奮還是緊張，感覺他的聲音好像在發抖，「計畫是這樣的，我已經知道她每天都會把車停在旁邊的巷子裡，等等下課後會有至少幾十個人從那條巷子經過，但我今天就是抱著必死的決心來的！我不怕被別人看到，只怕被她拒絕。你們等等跟著我尾隨她去牽車，等我下暗號之後，你們就衝到她前面攔住她，打開這兩張，然後我就會跑到她旁邊，單膝跪地，送上鮮花，並且大聲說我喜歡妳，請跟我交往！」說著說著，他拿出藏好的花，是一束有著好多種顏色的鬱金香。

那時的凱聖笑得好燦爛。

我跟百融卻聽到下巴掉了一半。

「這就是你的超級大絕招？」

凱聖點頭如搗蒜，「對啊！我想了三天！」

「想了三天就兩張海報一束花？這招叫什麼，海報攻擊？」百融覺得不可置信。

「欸！百融！你提醒了我，應該替這招取個名字，不過目前沒空，改天再取。我只是想用最直接、最簡單、最有誠意的方法來達到最驚喜的效果！」他依然興奮著，笑容依舊燦爛。

「驚喜？」百融的表情扭曲，「這應該是驚嚇吧！哪有驚喜？」

「我現在可以退出不幹嗎？」我苦著臉，「你的絕招我沒意見，我只覺得這樣好丟臉。」

「別這樣！你們千萬別臨陣脫逃丟下我一個啊。」

漸進曲

「我們哪算臨陣脫逃，這是你的戰爭，不是我們的。」

「戰爭需要戰友，你們就是我最強的戰友！」他說，同時露出他懇求的眼神。

既來之，則幫之。

我跟百融雖然是千百個不願意，但還是想看看結果到底如何。

「好吧。你先說好，你會下什麼暗號？」百融問。

「等一下你們就知道了，很明顯的。」他說。

然後好戲上場。

我們躲在離補習班門口大概三十公尺的地方，看著一堆學生下課走出來，沒多久，凱聖像一隻被嚇到的貓一樣，聳起他的肩膀，「就是她！那個綁馬尾的！」他說。

我跟百融看過去，至少有五、六個女生綁馬尾。

「幹，哪一個啊？」

「就是那個穿裙子的啊。」

「幹！每一個都穿裙子啊！」

「手上有提一個綠色袋子的。」

「喔！看到了！」

不知道為什麼，明明是凱聖要告白，我跟百融卻也跟著興奮起來。

我們保持著一定的距離，跟在那女孩子後頭，走了一小段路之後，轉進巷子。跟凱聖說的一樣，巷子裡至少有幾十個人在牽車。

我跟百融一邊跟著那女孩，一邊看著凱聖，等他下達指令。

沒一會兒，我注意到一隻蟑螂從凱聖腳邊經過，凱聖跳了一下，沒踩到。

又過了三秒，凱聖又跳了一下，但這次沒有蟑螂。

再過了三秒，凱聖跳了兩下，這次我跟百融互看一眼，「暗號？」我不是太確定地問。才剛說完，凱聖就回頭看著我們，用激動的氣聲說：「快點啊！」

幹！這種爛暗號誰會知道啊！

不管三七二十一，我跟百融立刻衝了出去，擋在那女孩前面，打開手上的壁報紙。然後凱聖立刻衝到她旁邊，單膝跪地，拿出他藏在背後的鮮花，大聲地說：「請妳跟……」

然後他就被自己的口水噎到，咳到滿臉通紅。

周圍的人全都因為我們的舉動往我們這裡看，凱聖一咳，他們都笑了。

那女孩本來還搞不清楚狀況，凱聖咳到在地上翻肚的時候，她也笑了。

當然，我跟百融在他咳出第一聲的時候就笑到翻過去了。

任務徹底失敗，女孩一邊笑一邊騎車離開，凱聖還在咳，我跟百融還在笑，鬱金香被凱聖壓到爛掉。

隔天，凱聖到補習班的時候，那女孩對他點頭示意。

課上到一半，他鼓起勇氣寫了張紙條傳給她，上面寫：「昨天……那個……妳願意嗎？」她讀完紙條上的內容，回頭看了凱聖一眼，笑著搖搖頭，就轉頭繼續上課了。

後來我們才知道凱聖連那女孩的名字都不知道就搞這種告白的飛機，於是他多了一個外號叫天兵。

過了一陣子，其實也才兩個多星期，凱聖走出被拒絕的情傷，回復他本來自然派的性格。

「情竇初開，好傻，好真。」這是他為這段暗戀下的評語。

我跟百融補了後面三個字：「好白癡。」

然後，高三和大一的兩年時間過去，我再一次被好朋友徵召，加入幫忙告白的行列。這次不是凱勝，也不是百融，是政業。

過了一個暑假，有些人曬黑了，有些人胖了些，有些人瘦了點，有些女生開始學會化妝，有些男生開始變得三八。

整個暑假，我都待在台中家裡。政業回到南投幫忙採茶，廖神學長在雲林陪女朋友，凱聖跟李夜柔的關係似乎發展得不錯，他回台中沒多久就跑回台北了，百融剛考上清華，整個暑假都在打籃球，發洩這重考一年的悶氣。

君儀回到台南，偶爾打電話找我聊天，我從談話中得知，這個暑假，政業一共到台南找了她三次。她說她知道政業對她的感覺，但她認為當朋友會比較單純。

我曾經想過，是不是要把君儀的想法告訴政業，這樣至少可以免去他被拒絕的痛苦。但後來還是作罷，我想我沒辦法替政業決定什麼，「說不定君儀跟他在一起會很開心。」我心裡這麼想，卻有點失落。

我說過，我的思春期來得比許多人晚，到了大一我才第一次知道喜歡一個人的感覺是什麼，我甚至想過，如果不是一直有機會跟君儀相處，說不定愛情到現在還沒來敲我的門。

政業的告白不像凱聖的粗糙，當然也沒有那麼白癡。

但不管怎麼樣，告白所需要的勇氣卻是一樣多的。

他選擇在我們暱稱為「春天」的萊茵餐廳告白，中午吃飯時間，餐廳人很多。他要我們班女同學幫忙把君儀拉到春天吃飯，然後自己走進去大喊：「王君儀，我喜歡妳！」

那我的作用是什麼呢？

我是那個在旁邊幫忙拍手喊「在一起！在一起！」的小角色。

整間餐廳鬧烘烘的，不認識的人也都加入了拍手喊在一起的行列。我看到政業走到君儀前面，然後一把將她抱住，全場一陣歡呼。

那時，我心裡酸了一下。

那天，學校的ＢＢＳ站有七十幾篇文章在討論「今天中午在春天有人告白」，好多人都在問結果到底是成功了沒。有人說都抱在一起了，當然是成功了；有人說女主角一句話都沒說，結果還不一定。連我們班同學都去回覆討論串，他們也說不知道結果是什麼。

我知道結果是什麼。

君儀當晚約政業一起去吃晚餐，單獨，一對一。政業滿心歡喜，選了一間一客五百元的鐵板燒。兩個人在吃飯的時候聊得很開心，彷彿告白之後的尷尬在他們身上起不了任何作用。

吃完之後，政業請來服務生買單。

當服務生把單子放到桌上時，君儀遞出一張五百元的鈔票。

「朋友之間，請來請去何時了，我們各付各的吧。」君儀說。

我參與幫忙告白的行動，目前勝率是零。

08

大三那年的校園演唱會，政業的樂團首次登台表演。

樂團成立了整整一年，五個團員們努力寫了二十七首歌之後，他們終於有機會在面對幾千人的舞台上，獻出他們的第一次。

主辦單位安排他們在歌星中場休息的時間上台串場，僅僅只有十分鐘。但這十分鐘對政業和他的樂團來說，或許是人生最重要的一個十分鐘。

那次演出之後，政業的樂團得到了台北市兩間地下音樂 Pub 的固定表演機會，每週一次，各唱兩小時。酬勞其實不高，但他們說，只要有舞台，其他的都不重要。

從畢業到出社會這些年來，政業常在說，如果二〇〇一年沒遇到那幾個愛玩音樂的同好，現在他應該還是一個人偶爾夜裡拿著吉他，慢慢地練，慢慢地做他想組一個樂團的夢。

二〇〇一年，我們大二，那不是個好年。

還記得才剛開學兩天，地球那一邊的美國雙子星世貿大樓就被恐怖份子劫機撞進去。新聞每天都在重播那慘絕人寰的鏡頭，那彷彿只能在電影裡看見的畫面竟真實上演。

過了一個星期，地球的這一邊出現一個颱風，名字叫納莉。

聽說這個名字是韓國人取的，意思是百合花，但它可不像百合花一樣美麗動人，它的肆虐造成台灣慘重的傷害，可謂所到之處滿目瘡痍。

那時的台北市長是馬英九，他說，面對這個颱風，台北市政府已經做好萬全的準備，所以在颱風前夕，他人跑到屏東拚選舉。結果全台北市大淹水，十五萬輛車泡湯，三萬多戶房子泡在水裡，兩千七百二十一棟大樓的地下室被水填滿，受災面積是全台各地區加起來總合的四倍。

然後這個姓馬的說：「我們坦承疏失，不過市府疏失是建立在中央氣象局預報資料無法讓市府準確掌握颱風規模上。」

聽完他說的話，我在想，這跟「我保證不會強姦別人！但如果我真的做了，那一定是女人穿得太辣太誘人，害我把持不住所導致，所以我沒錯」有什麼不同？

廖神學長說，政治人物的嘴巴比大便還臭，因為他們習慣用馬桶照鏡子，看到裡面的大便，感覺比自己還帥，於是撈起來一口咬下，不吃則已，一吃驚人，從此上癮，練就一身臭嘴絕世武功。

他說這些話的時候，我們正在看電視吃泡麵。政業跟我轉頭看著他，又看了看泡麵，突然一陣噁心，於是決定把他丟出大門。

電視新聞不停在更新台北捷運的災情，看到造價昂貴的捷運站整個被水淹沒，很難想像這種事情竟然會發生！「我的乖乖！這畫面不多見，我們快點去拍照。」廖神學長說，說完就衝進房間拿出他的傻瓜相機。

然後，他又被我們丟出去。

學校因為風災放假，風災導致整日大雨，大雨導致我們出不了門，出不了門導致我們只能窩在家裡發霉。

通常颱風大多造訪台灣一天左右就會離開，但納莉似乎覺得台灣挺舒服，所以它一共住了整整四十九個小時，雨也就這樣下了四十九個小時，我們也就發霉了四十九個小時。

感覺政業並沒有完全放棄君儀，那兩天常看見他在房裡講電話，跟君儀有說有笑，如果不是政業告訴我，君儀很明白地對他說「我們只是好朋友」，我會很自然地以為他們是情侶。

颱風過後整整一個多月，台北才完全恢復以往的樣子，那幾個淹滿水的捷運站在牆壁上掛了紀念牌，標示水災時水淹的高度。市長馬英九完全不需要對災情負任何責任，當然他也沒有想負責的意思，於是在餐廳吃飯時，我聽到有同學在罵幹你娘。

政業在學校裡找到幾個愛玩音樂的同好，經過幾次密集地練習之後，他們正式組成一個叫作「耍花槍」的樂團。問他們為什麼要取這名字，他們說「會耍花槍的人都需要舞台」。

樂團成立沒幾天，我跟廖神學長一人出了四千四百塊錢，在樂器行買了一把三手電吉他，那把吉他是藍白紅混色，看起來像美國國旗，但許多地方都有破損掉漆。樂器行老闆說，瑕疵是多了點，但聲音還是不錯的。

本來他開價一萬四，廖神學長皺著眉頭說六千，老闆聽到這價錢，整個瞪大眼睛，我猜他心裡想的應該是：「這哪來的兩個土匪？」隨即不理我們。我以為事情就這樣結束了，沒想到廖神學長繼續堅持。

「老闆，不要裝酷了，我們再加六百，賣我們吧！」

老闆一臉不可置信地說：「拜託，這價錢也太沒行情了吧？」

「我們只是想買把琴送給我朋友，他前幾天剛成立樂團，想給他一個鼓勵。」

「那你們也得給我鼓勵啊。」

「好，那我再多給你一點鼓勵！」

「加多少？」

「加一千！不能再多了！」

「這樣啦，一句話，九千八，不要拉倒。」老闆說。

「這樣啦，我們也一句話，八千八，不要拉倒！」廖神學長說。

「那就拉倒吧。」老闆的態度很是強硬。

「不要這麼快嘛，你是個男子漢，好歹堅持一下。」

「你是在說什麼啊？」

「我是說你不要這麼快就拉倒嘛大哥。」

「是你說拉倒我才拉倒的耶。」

「但是你說拉倒的時候我並沒有拉倒啊。」

他們兩個你一言我一語，我在一旁聽到快笑死。

那天下午，我們在樂器行跟老闆你來我往三個小時，最後他認輸，收了八千八要我們拿著吉他快滾。

在路上我問廖神學長，為什麼要強老闆所難呢？

廖神學長說：「我一進店裡看見老闆的面相，就知道他是個心腸很軟的人。」

「你會看面相？」

「當然會！」他用手勢示意我看著他的眼睛，「你看我的眼神，像不像一隻老鷹？」

「呃……不像。」

「那像不像一隻正在鎖定獵物的老虎？」

「也不像。」

「獅子？」

「還是不像。」

「……算了，跟你這凡夫講這些是講不清楚的。」

「總之，我的眼神非常銳利，可以看穿人心，既然可以看穿人心，那面相對我來說何難之有。」

「……」

「是喔？」

「當然！就像我看到你的時候，我就知道你是個很矛盾的人！」

「我？很矛盾？」

「沒錯！你知道你想要什麼，卻總是考慮很多；猶豫不決，等到機會消失了才在那邊哭天搶地怪自己，對吧？」

「真的假的？這麼神？」

「廢話！你忘了我是帶天命來到人世間的嗎？你們這些愚昧的世人啊！」

「學長，前面有水……」

話沒講完，一輛汽車從旁邊快速開過，輾過一大潭水窪，我跟廖神瞬間變成落湯雞。

「幹！」廖神學長立刻幹譙出來。

「學長，愚昧的世人剛剛濺了你一身汗水耶，怎麼辦？」我說。

廖神抹一抹臉上的汙水，「人生總是有意外的嘛，媽的。」

回到住處，我們把吉他藏在政業的衣櫥裡，想要給他一個驚喜。

那天晚上很晚了，他才練團回來，看得出他一身疲憊，跟我們兩個說了聲「嗨」就進去洗澡了。

等到浴室的水聲停止，政業打開門，走進他的房間，關上他的房門之後，廖神學長開始倒數五秒鐘。

「五、四、三、二、一……」

廖神學長真的很準，剛倒數完，政業的房裡就傳來一聲：「哇——」

我想我永遠都不會忘記政業拿著那把吉他走出房間的畫面，那眼神、那表情，都紮紮實實地刻在我的腦海裡。

那是一個正在追求夢想的人才會有的表情。他很勇敢地追求他要的，失敗也沒關係，努力過就是一種成就。

廖神學長說得對，我真的是個矛盾的人。

跟其他朋友相比，我似乎就是少了那一點努力：努力為自己想要的努力，努力為一些不做會後悔的事情努力。

看看凱聖，告白的時候咳到像個癌症末期的病人一樣丟臉，但至少他努力過了。

看看百融，投稿了多少次，就算不停地被社長退件，不爽歸不爽，但至少他努力過了。

看看政業，君儀的拒絕沒有擊敗他的堅持，他也從未放棄過樂團的夢想，雖然還沒成功，但他努力過了。

再看看廖神學長……嗯……呃……算了，跳過去吧！

原來，我從來沒為自己努力過。

二〇〇一年十二月六號，我們去學校後山步道挖出那顆一年前藏的時光蛋。一年過去了，政業依然單身。

廖神學長當晚就履行了他的承諾。他做了一個舉牌，上面寫著：「願賭服輸，我是神棍，請吃雞排，限五十份。」這在士林夜市造成一陣騷動。一開始路人還很懷疑地走過來問他是不是真的，但不到十分鐘，五十份雞排全部送光，雞排攤前排著長長的人龍。

「我們，就只是朋友了。」政業那晚笑著啃食廖神學長拿回來的雞排，神情中帶著一點點傷感，和幾分釋懷。

君儀坐在他旁邊，拍拍他的肩膀，微笑著。

「哇哈哈！不管你們誰贏，我都有雞排吃！」我刻意開心地說著，試圖化解尷尬的氣氛。

幾天之後，政業這輩子寫的第一首歌出爐，名叫〈敬初戀〉。

他說，這不是為了他自己寫的，是為了所有懷念初戀的人寫的。

感覺夏天才剛來過，就聽到冬天說嗨了。

一天晚上，我在ＢＢＳ站上看見君儀的帳號上線，不知道哪來的勇氣，我發了一個水球給她。

我說：「我想念妳。」

過了一會兒，她回：「你吃錯藥了？」

我說：「我真的想念妳。」

她回：「克愚，我們是同學，天天見面呢。」

我說：「就是因為這樣我還會想念妳才糟糕。」

她問：「想念我很糟糕嗎？」

我說：「想念妳很美好。」

她又問：「這算是一種告白嗎？」

我回：「不，這算是我對自己的誠實。」

好多年後，我們又聊到了這天的水球往來，君儀問我，如果我們當時就在一起了會怎麼樣？我笑了笑，搖搖頭說：「天知道。」

君儀在大二下學期時轉學了，她說她考慮了好久，但數學真的不是她的興趣。她轉考了好幾所大學的中文系，幾乎全部錄取，經過一番長考，她選擇了成功大學，回到她的家鄉台南。

沒幾天，她的ＢＢＳ名片檔就換了。

喜歡，是個安安靜靜的孩子，
只是默默地凝望，不說話。

她在喜歡兩字前面空了兩格，我想是刻意的排版，看起來像是文藝青年喜歡的格式。這也難怪，她就是個文藝青年，才會毅然決然離開數學，轉投中文的懷抱。

她離開台北那天，本來我跟政業都想去送她一程。但她說父母親會開車上來接她，所以我們只用簡訊說再見。她說，歡迎我們到台南去吃美食，在這之前，她會努力認路的。

廖神學長說，有眼睛的都知道我喜歡君儀，但君儀離開學校，不僅要恭喜她，還要恭喜我。

「恭喜我什麼？」

「舊的不去，新的不來啊！」

「什麼舊的新的？你根本亂講話。」

「我幫你算過了，你今年的桃花很旺，有機會交到女朋友。」

「是喔！那要打賭嗎？五十塊雞排，請街友吃。」

「唉，你跟政業真的是不明白我的苦心，凡人啊……」

說著說著，他就離開客廳回房間去了。

我把他這個動作視為逃避我的挑戰，更視為他無法面對上次輸給政業的失敗。

但有時候真不知道他到底是真的會算還是隨機矇中的。

幾個月後的某天晚上，百融從清華搭車到台北來找我跟凱聖，好一陣子不見百融，他在清華這一年有點發福，而且眼角莫名地有了笑紋，我說他看起來已經不像個大學生，感覺剛退伍要出社會了。

凱聖比較白爛，他直接稱呼百融「葉大人」。

我們三個人事前約好刻意整天不吃東西，為的就是要到迴轉壽司店打破自己本來的紀錄。

我們在高三時曾經做過一樣的事，那天的比賽結果是個等差數列。

百融十九盤，我十八盤，凱聖十七盤。

而這天，我們誓言要創下每人二十盤起跳的紀錄，期間還不能喝水。

就在我們吃到第三盤的時候，有三個女孩子坐到我們斜對角的座位區。

我就是在這裡遇到「那個她」的。

喜歡，是個安安靜靜靜的孩子。

09

「那個她」很美。

多美？

美到凱聖看著她流口水，美到百融當下就想為她寫一首詩，美到其他的男性顧客都不自覺地多看她幾眼。

美到我覺得自己的世界因為她的出現瞬間安靜了下來。

她穿著一件彩虹色相間的上衣和一條黑色牛仔褲，跟她朋友選擇了一個離我們大約五、六公尺遠的地方坐下來，我以為我看見一道移動的彩虹。

我們這麼明目張膽地看著她，她當然也注意到周遭投射過去的眼光，她掃視了周圍一遍，視線最後停在我的注目上，接著，我發誓她微笑地對我稍微點了一下頭，我就像一顆被丟進超高溫火爐的冰塊一樣瞬間融化。

她這個小小的動作，百融跟凱聖都注意到了，他們立刻轉頭問我：「你認識？」

我搖搖頭，「不認識……」

「屁！你一定認識！」百融抓著頭。

「真的不認識！」

「那她跟你點頭幹嘛？」看凱聖說話的樣子，他似乎已經呈現半崩潰狀態。

「我怎麼知道？大概是因為……我比較帥吧。」說著，我驕傲了一秒。

「屁！你哪裡比我帥？」百融嗤之以鼻，「而且照我剛剛的觀察，她一定不是個只看外表的人。」

「哇靠！觀察咧！剛剛是多久的觀察？十秒？二十秒？這樣就能看出她不是個看外表的人？透視術是嗎？那你要不要順便透視一下她的胸圍多少？」凱聖頗不以為然。

然後我們停下爭論，把視線移到她的胸部。

她正忙著擠哇沙米，所以沒注意到我們正在「觀察」她。

「應該是……三十二C？」凱聖說。

「幹！你考前猜題有這麼認真嗎你？」百融從他背上怒搥一拳，「我覺得應該是三十四……」

「拜託你們放尊重一點，不要意淫我將來的女朋友。」我說。

說完沒多久，他們兩個想用哇沙米當場將我噎死。

大家都知道凱聖是個非常自然的人，所以他首先發難完全不怕害羞臉紅不好意思地跑去搭訕一點都不令人意外。不過在他出發之前，我不斷地恐嚇他說我會把這件事告訴李夜柔，加上百融一直在問李夜柔是什麼鬼，我回說她不是什麼鬼，她是凱聖的女朋友等等，這似乎影響了他搭訕的勇氣。

於是他只是走過去，站在她們的桌子旁邊，跟坐在「那個她」對面的她的朋友說話。大概才三十秒不到吧，他故作鎮定地走回來，坐下之後深呼吸一口氣，我跟百融沉不住氣，追問他到底說了什麼。

「她好香啊……」這是凱聖的第一個回答，我跟百融手裡握著哇沙米準備往他的鼻孔擠。

「好啦好啦我說啦，我剛剛走過去啊，因為她的光芒太耀眼了，導致我無法直視，只能轉頭問她的朋友。」他說。

「你問什麼？」

「我問說……天母東路要怎麼去？」

你看過有人在迴轉壽司店裡面問路的嗎？

不過我跟百融都很高興，為此我們還舉起茶杯慶祝他的搭訕失敗。

然後百融躍躍欲試，我本來想勸退他，告訴他清華文學院的女孩子很多，不要來台北跟我搶，但是他像聾子一樣沒在聽我說話，完全陷入他的思考中，大概一分鐘後，他說：「坐而思不如起而行！」說完就站起來了。

我趕緊拉住他，「等等，你是要行什麼啊？」我好奇地問。

「葉大人，你別衝動啊。」凱聖說。

「你們聽我說，」百融轉頭看著我們，「我們的目的是要認識她，對吧？」

「對。」我跟凱聖異口同聲。

「要認識她就要去問對吧？」

「對。」

「要問就得走過去對吧？」

「對。」

「既然都要走過去問，就直接問就好，不需要思考太多！」百融自信滿滿地說著。

「葉大人，千萬別衝動啊！」凱聖說。

「那換我問你，」我說，「肚子餓要吃飯對吧？」

「對。」百融說。

「既然有吃就會有拉對吧？」

「對。」

「那要拉的時候就要脫褲子對吧？」

「對。」

「不對！」我立刻反駁他。

「為什麼？」

「因為你也可以拉在褲子裡。」

「趙克愚你是在胡說什麼？」

「我才想問你在想什麼呢！你什麼都沒想就走過去，肯定會像大便失敗一樣拉在褲子裡。」我說。

「這可不一定，照我剛剛的觀察，我看得出來，這女孩子一定喜歡直接不拐彎抹角的男生！」百融說。

「葉大人，你的觀察一向不準就甭提了，千萬別衝動啊……」凱聖說，話還在嘴裡吐著，百融已經走過去了。

只看他很勇敢地直接面對她，似乎還對她點頭行了禮才開始說話，坐在她對面的兩個朋友面帶訕笑地看著百融，我相信她的好朋友一定常遇到這種男生向她搭訕的狀況，所以習以為常，能輕鬆面對。

百融比手畫腳，像是在演講一樣地對著她滔滔不絕，她也笑著跟他聊起來，我跟凱聖看到覺得有點不可思議，難道他這麼衝動地衝過去真的不會大便在褲子裡？

整整三分多鐘，我有計時，他跟她對話了整整三分多鐘，比起凱聖的三十秒不到要強上好幾倍。

「太強了啦百融！」他走回來坐下時，我拍著他的肩膀歡呼著。

「葉大人，我對你的景仰有如滔滔江水，連綿不絕，又如……」呃……凱聖的廢話我就不多加贅述了。

「哼哼，知道厲害了吧。」百融非常驕傲地笑著。

「厲害厲害！所以你要到她的名字了？」我問。

百融搖頭。

「那……電話？」

百融又搖頭。

「那……email？」

百融還是搖頭。

「你搖頭是什麼意思？沒要到？還是不只要到這三個？」

他又搖頭，然後露出別有涵義的笑。

「這笑是什麼意思？」

「葉大人，你這笑……」

「閉嘴！」

「我的笑，是一種哀悼。」百融說。

聽完，我跟凱聖摸不著頭緒。

「你是在說三小？」

「葉大人，清華怎麼會把你教成這樣？」

「靠！難道你們看不出我笑裡的哀傷嗎？」

我跟凱聖互看一眼，同時搖頭。

「唉，算了，我就告訴你們吧，我的笑，是在哀悼我的失敗。」他說。

後來他解釋了他為什麼跟她聊這麼久，因為她一直在問他為什麼要問電話，為什麼要問名字，然後她的朋友又補充說明，說她從來不曾答應任何搭訕的男生要電話的請求，今天也不打算破例。

講到這裡，她正好站起來走向洗手間。

我們三個一直目送她，直到她進入洗手間的門口。

這時，她其中一個朋友就走過來了。她穿著藍色的衣服，所以我們叫她小藍。

小藍說：「如果你們想要她的電話，最好想一個能讓她感到新奇的方法。她是個喜歡新奇事物和驚喜的人，而且你們男生跟人家要電話，至少要拿出一點誠意，動動腦筋吧？」說完，她趕緊回到她的位置，裝作一切都沒發生。

這時，凱聖跟百融看著我，我也看著他們。

百融說，他這輩子第一次鼓起勇氣搭訕就被重重打擊，實在是想不出什麼好方法。凱聖說，為了不讓我跟李夜柔告狀，他還是乖一點比較好。

突然間，我靈機一動。跟店方要了一張紙一枝筆，在上面寫了：「我叫趙克愚，我穿紅白格子上衣。直到今晚十二點前，妳有幾個小時的時間可以考慮願不願意告訴我妳的名字，不用打電話，簡訊也可以。這是我的大膽和我的誠意。原諒我字醜，因為手在抖。〇九三六××××××。」

我在紙張背面寫：「給穿彩虹上衣的女孩」，然後對折，讓紙可以立起來。接著我拿一個空盤子，把紙條放上去，再蓋上保鮮蓋，放到迴轉軌道上。

那張紙條所到之處，吸引了每個客人的注意，大家都在找穿彩虹上衣的女孩，連店員都看見了，但他們沒有把紙條收下來，似乎也想看會發生什麼事。

百融跟凱聖說：「克愚，這個方法不是最蠢，就是最強。」

紙條轉到她面前時，她的朋友替她把盤子拿了下來。三個女孩沒人第一時間把保鮮蓋掀開，她們的動作就是一直笑，一直笑，笑到其他在關注的客人也笑了。凱聖笑了，百融也笑了，只有我笑不出來。

我根本就要心臟病發了！

如果你想知道後續發生什麼，坦白說，其實沒什麼令人振奮的發展。

因為他們兩個因此而興奮到吃不下，我則是緊張到吃不下，我們匆匆地買了單就離開迴轉壽司店，在我們離開之前，保鮮蓋還是蓋著的。

我鼓起最後的勇氣看著她，揮手說再見。

然後我就後悔了，我非常徹底地後悔。

我後悔為什麼我寫的竟然是晚上十二點前，而不是五分鐘或十分鐘。這下場就是接下來的幾個小時我腹痛如絞，緊張到整個人冷汗直流。

後來我跟凱聖、百融去看電影，但我根本無法專心，走出戲院我還問他們剛剛看的電影片名是什麼？

看完電影我們真的餓了，到夜市從頭吃到尾，他們問我想吃啥，我說「藥燉水煎包」，你看，我連講話都失神。

接著，我要他們陪我一起等電話，至少到十二點都別離開我身邊，我不要一個人面對這種煎熬。

很慢的，很慢的，晚上十二點到了，我沒收到訊息，電話也沒響。

凱聖接到李夜柔的電話，先走了。

沒多久後，百融說要坐車回新竹怕太晚，也離開了。

我一個人坐在大安森林公園，不停盯著電話，像個白癡。

回到公寓，近凌晨兩點，政業在泡茶看電視，廖神學長在房間裡面莫名其妙地練習倒立。

「你在幹嘛？」

「我在降低脂肪堆積效率。」廖神學長說。

「用倒立？」

「對啊，你不知道嗎？這樣會使自己腹部的脂肪堆積效率降低百分之二十一，也就是你會胖得比較慢。」

「是喔！誰說的？」

「我前幾天看報紙的，英國研究。」

「是喔！我上個月也看到英國研究說發燒時接吻三十分鐘以上可以有效退燒。」

「幹！真的假的？太扯了吧？」

「還有另一個英國研究說，情侶最容易吵架的日子是星期四。」

「咦？真的嗎？」廖神學長說完就開始陷入回想，看也知道他正在想上次跟女朋友吵架是星期幾。

抱歉，廖神學長總是比較搶鏡頭跟話題，你知道的。

我們回到手機。

就在我已經放棄等待，準備要去洗澡睡覺的時候，手機收到訊息。

她的訊息這麼說：

「不好意思，我多考慮了兩個小時。我叫顏芝如。」

那天的迴轉壽司，我們都只吃了三盤。

認識顏芝如的時候，她有個男朋友。

這再正常不過了，這麼美麗的女孩子沒有男朋友的機率大概只比廖神學長變得不白爛的機率高一點點而已。

她跟我同年，念世新新聞系，她想當記者，最好可以跑體育線，因為她喜歡籃球，更喜歡棒球。問她喜歡哪個球員，她說：「鈴木一朗。」

為此我翻遍了鈴木一朗的資料，幾乎背得滾瓜爛熟。認識她這年是二○○二年，鈴木一朗從日本職棒轉戰美國大聯盟西雅圖水手隊的第二年，第一年時他拿下美聯新人王，美聯MVP、盜壘王、安打王、打擊王和金手套獎。

也因為她，我開始看棒球。

她說，她男朋友不喜歡看棒球，所以她時常一個人去球場看比賽，偶爾幾個同學相伴，但他們都不太熱中。

「看棒球就是要喊加油，要一起呼口號才好玩啊。」她說。

因為她是國內職棒興農牛的球迷，我也就跟著變成興農牛的球迷。我們本來用簡訊聊了一個星期，後來嫌太奢侈（因為簡訊一則三元），交換了 email 之後，寫信寫了一個星期，又嫌寫信有點累，所以交換MSN。當我們從MSN換到電話聊天的時候，已經過了將近半年。

政業說他沒看過我這麼有耐心的人。

凱聖說如果是他的話，一個月約不出去就放棄了。

廖神學長說，他覺得我根本不想交女朋友，因為步調這麼緩、節奏這麼慢的人，肯定性向有問題，他問我是不是雙性戀。

百融是唯一支持我的人，他說人家有男朋友，保持距離是對的。一方面不造成她的困擾，一方面慢慢建立感情。百融說完，後面特別補了一句：「這是經過我的觀察。」我突然不知道該採納他的意見還是該把他的話當放屁。

後來百融還真的寫了一首詩，不過對象不是顏芝如，是他的學伴。

「好久沒寫東西，生疏了，一首詩寫了一整天。」

「意思是你以前速度很快？」

「當然，一首詩隨隨便便一小時就搞定了。」

「是喔！這麼厲害，那為什麼校刊社不刊？」

「幹！不要再跟我講到校刊社！」他暴走了。

我向百融要他的詩來看，他死也不給，他說那是一種非常隱私的東西，他掏心挖肺、用盡心力、燃燒靈魂寫出來的東西，只有他要贈與的對象才能看。

「你叫我把詩給你看，等於是叫我脫光衣服上大街，我很沒安全感。」他說。

「是喔，不過就是一首詩，這麼嚴重啊？」

「當然！」

「那你覺得這首詩拿去校刊社……」

「吼——」

「哇哈哈哈哈！」

呃……我會很白目嗎？

我沒有追問他的學伴收到詩之後有什麼感想，不過他說已經連續三個週末都跟學伴一起去看電影跑社團，我想應該是差不多搞定了吧？

學伴叫什麼名字？我也不知道。

但他說她有個暱稱，叫「百融的」。

……

有一個星期五老師請假，加上六、日休假，我索性回台中老家看看老媽。我哥這時候已經退伍，在一家建設公司當普通上班族；我姊醫院輪大夜，我到家的時候她在睡覺。

晚上我跟顏芝如MSN，我哥拿飲料進來給我喝的時候看見，他問了一句：「馬子？」我沒回答他，只是搖搖頭。接著他又問：「想把？」我還是沒回答，繼續搖搖頭。最後他說：「別人的？」我微笑了一下，點點頭。然後他伸出右手握拳，揮了揮他那憲兵退伍驕傲的拳頭：「殺掉？」

「殺屁啦！你快滾出去。」我說。

沒多久，我姊走進我房間，拿了半顆咬過的蘋果給我，她看著我的電腦螢幕，第一句是：「女的？」我沒回答她，只是點點頭。接著她又說：「喜歡？」我還是沒回答，繼續點點頭。最後她說：「放心，你追不到。」我微笑了一下，咬了一口蘋果，然後把我哥叫進來，要他把憲兵退伍驕傲的拳頭借我……

又沒多久，我媽走進我房間，拿了一個統一雞蛋布丁給我，她看著我的電腦螢幕，第一句是：「你有沒有偷上色情網站？」

這時候我就崩潰了。

把我媽推出房門，上鎖，鎖門之前還掛上請勿打擾的牌子。

本來都是我打電話給她，頻率大概一週一到兩通，每通約兩分鐘。而在鈴木一朗第二次入選大聯盟明星賽這天，我第一次接到顏芝如主動打來的電話，我以為她要告訴我說她很開心，但她說心情很差，希望能找我聊聊天。

那通電話講了將近一個小時，比我打給她的電話時間總和還要多。

但其中有大概五十分鐘雙方都是沉默的，我不停地問她怎麼了，她總是說沒有，我只好陪她沉默。

女孩子真的很奇怪，自己打電話來說有事，問怎麼了又說沒有。

一個小時後，她說她累了，要掛電話。我覺得有點莫名其妙，但又不方便再問什麼，只好說晚安。

晚安說完不到一分鐘，ＭＳＮ就跳出「我不知道從何說起」的訊息，來自顏芝如。

我回她：「沒關係，妳想說再說吧。」

廖神學長說：「女人就是這樣，我女朋友也這樣。明明一張臉看起來就像是十坨大便疊在一起那麼臭，問她怎麼了，總是得到『沒事』的答案。如果你真的不再追問，她就更生氣，氣你都不關心她、不在乎她的情緒。然後你盡力安撫她之後，再繼續問她怎麼了，她還是說『沒事』。」

說完，廖神學長來了一段順口溜：

「嘴巴否認，心裡承認。

問她怎麼，打死不認。

不再追問，怨你不問。

你再追問，繼續否認。」

本來坐著泡茶，穩如泰山的政業一聽，馬上衝回房間拿紙筆把這段順口溜寫下來，然後拿回去貼在他的書桌前。他說他跟廖神認識到現在，這是他唯一講的比較有營養的話。

接著，政業像是被什麼附身了一樣，他說廖神學長來這一段像是上帝敲了一下他的腦門，頓時文思泉湧，覺得可以把女人這樣的心態寫成一首歌。然後他就一邊哼著不成曲的旋律，一邊走進房間，然後門就關起來了。沒多久後，就聽到吉他彈奏的聲音。

嗯，這是他寫歌的模式，完全自閉。

我跟廖神學長閒著沒事，在客廳泡茶看電視。這集〈康熙來了〉請來的嘉賓是張學友，廖神學長一見到歌神出場就開始說自己高中的時候唱歌跟張學友不相上下，還有經紀人欣賞他的歌聲，想邀請他出道錄專輯，但他覺得他的人生志向不在這裡，愚昧的世人們需要的不是他的歌聲，而是他的智慧。

我問他，「是誰說你唱歌跟張學友不相上下？」

「我自己覺得啊。我戴上耳機開到最大聲的時候，覺得自己的聲音跟他合而為一。」

「……那又是哪個經紀人那麼不長眼？」

「你怎麼可以說我爸不長眼？」

「……」

「唉，你們這些愚昧的世人啊……」

有時候我真想把他的腦袋剖開，看看到底是哪一條筋卡住，為什麼他可以那麼白爛？為了不讓他繼續白爛，我把他拉到夜市吃消夜。

因為離我們最近的夜市是士林夜市，那裡對我們來說，就像自家廚房一樣，熟到不能再熟，東西也都已經吃膩。我於是提議到另一個夜市去晃晃。

「去哪裡？」廖神學長問。

「我們去景美夜市吧。」我說。

景美夜市離世新很近，我幻想著會不會跟顏芝如來個巧遇，這樣就可以跟她一起逛夜市，晚點還能陪她散步回家。

但在這之前，必須先把廖神學長丟在路邊或是資源回收站。

然而，幻想會實現就不叫幻想了。在景美夜市一小時，廖神學長就白爛了一小時，而且他從頭吃到尾，我只吃了一份蚵仔煎。

在回士林的路上，廖神學長坐在梗梗後座，某個紅燈停車時，他突然下車站在馬路上，過幾秒又坐回來，我問他幹嘛，他說：「放屁。」

接著他解釋，因為屁眼被機車坐墊堵著不好放，所以下車放，這樣比較健康。

我用時速八十公里的速度衝回公寓，心裡有個很恐怖的念頭，考慮要不要等等摔個車把廖神學長那張嘴給摔爛？

但因為我很愛惜生命，所以還是算了。

回到公寓，政業還關在房間裡，但沒有任何聲音，我猜他應該是睡著了。廖神學長哼著歌跑去洗澡，我走進房間，看見MSN視窗好長一串，都是顏芝如傳的。

她在最後一句話問道：「你是個擅長傾聽的人嗎？」

我思考了一會兒，回了：「我不知道擅不擅長，但我願意。」

半夜兩點，我以為她睡了。

結果她很快地回覆我：「希望以後都有你聽我說話。」

但我願意。

彷彿

感覺得出來，拍照的人有一種觀天下的氣勢，
彷彿她擁有如同上帝般的視角，
彷彿整張照片的構圖完全依她的安排在進行，
彷彿風是依她的指令偶爾吹偶爾息，
彷彿我就是那個被線牽住的木偶人隨她擺佈。
彷彿她總是能看透什麼。

一週後，我們第一次單獨見面，在木新路三段的麥當勞。

我們點了兩杯冰紅茶，選了一個靠窗的位置坐下來，她頭髮剪短了，說是夏天比較熱，這是她的習慣。

還是很美。

「你想像過自己是隻狗嗎？」顏芝如這麼問我。

我以為她想罵我，但其實不是，她只是看見人行道上有個遛狗的人牽著一隻好大的黃金獵犬經過。

「沒有，但我認識一隻狗叫陳水扁。」

「……你這麼政治啊？」

「喔不！妳別誤會，是我代數老師的狗的名字，牠是一隻吉娃娃。」

「他國民黨的嗎？」

「正好相反，他民進黨的。」

「那他為什麼把狗取名陳水扁？」

「他說他要跟陳水扁長相左右。」

「好虔誠的民進黨徒。」

「我倒覺得跟虔不虔誠沒關係，我們都覺得那是真愛。」

她聽到「真愛」兩個字時轉頭看了我一眼，笑了起來。

好美。

然後她慢慢收起笑容，「我跟男朋友大吵了一架。」她說。

「什麼時候？」

「上星期。」

「原因是什麼？」

「個性不合吧，我想。」她把手放在桌上，轉頭看著窗外。

「這……個性不合怎麼在一起？」我不太理解這句話。

她看著我，嘴角微微揚起，「你交過幾個女朋友？」

「沒交過。」

「還沒談過戀愛？」

「對。」我點點頭，有點不好意思。

「那，有喜歡過人嗎？」

「有，妳放心，我喜歡過的都是人。」

她又笑了。

「表白過嗎？」

「嚴格說起來，應該算沒有。」

「什麼叫應該算沒有？」

「我先弄清楚，妳所謂的表白，是要直接告訴對方『我喜歡你』，是嗎？」

「差不多，或是做一些表明態度的動作也可以。」

「那真的沒有。」

「為什麼不表白？」

「還沒什麼機會表白。」

「所以人家有對象了？」

「差不多是這個意思。」

「如果再給你一次機會，你會說嗎？」

「啊哈！」我吐了吐舌頭，「芝如，妳考倒我了。」

「什麼意思？是會還是不會？」

「我這麼回答妳好了，雖然我沒談過戀愛，但這件事我似乎想得比其他談過戀愛的朋友都還要明白，雖然有些經驗豐富的人會說我的想法太過單純。我有個學長，他是個很白爛的人，講話很沒重點，做人有點瘋癲，但他跟我說過一件事，說完之後我開始思考他所說的話，並且得到結論。他說，我是個知道自己要什麼的人，但我的問題在於我很矛盾，我猶豫不決，我裹足不前，所以我依然沒有任何感情的經驗。而我思考過後發現，我的猶豫不決、裹足不前，是因為我還在理解感情的階段。簡單地說，我喜歡誰我知道，但當我確定自己真的喜歡對方的時候，我考慮的不是表白會不會成功，也不是對方喜不喜歡我，當然更不是要把自己穿得好帥或是頭髮弄得好炫來吸引對方，而是我是否真的準備好面對感情這件事。我猜我在某個部分把感情想得太美好，所以如果我遇到兩人發生衝突、矛盾、尷尬的時候，我可能沒辦法解決。舉個例子，就像妳說的，妳跟男朋友吵了一架，原因是個性不合，這我就無法理解，因為無法理解，所以我害怕找不到方法。可能我是念數學的，數學有無解的答案，而且有理可證，大家都能接受。但感情的無解好像沒有人能接受。」

她聽完，喝了一口紅茶，沉默了一會兒，然後問我。

「克愚，你的回答跟我問你的問題沒有直接關係。」

「是喔！真的嗎？」

「我只是問你，如果還有一次機會，你會不會表白。」

「喔！我不知道。」

「為什麼會不知道？」

「因為我不覺得告白是必須的。」

「怎麼說？」

「我想有些事情不說，會有一種默契在。」

她眼睛轉了轉，「我想我大概了解你的意思，」她說，「那你知道這樣的默契要多久才能養成嗎？」

「所以我才說我沒辦法理解個性不合這句話。因為兩個人一定經過一個階段的認識之後，產生某種深度的了解，在了解過程中培養了默契，這默契會時時出現在兩人的交流細節，例如說話，例如看事情的角度，例如某些不特定但自然養成的習慣，接著就會自然而然知道，我喜歡對方，而對方也喜歡我。經過告白的愛情，我想大多數是在兩人還沒有看清楚的狀況下進行的，只是一種對愛情憧憬、嚮往所驅使。」

這時她再喝了一口紅茶，又沉默了一會兒才繼續說。

「你的意思是，愛情是盲目的？」

「是的，而且是兩個人一起瞎，手牽手一起跌倒。」

「對，可能會手牽手一起跌倒，但你能否認這是一種浪漫嗎？」

「浪漫也是我無法理解的一個詞，每個人對它的定義都不盡相同，甚至有很大的差別。」

「那你知道你那天的搭訕方式對我來說很浪漫嗎？」

「妳現在說我才知道，不過那對我來說不是浪漫，只是靈機一動。喔……」

「喔什麼？」

「有個問題想問妳。」

「你說。」

「那天妳為什麼會願意傳訊息給我？」

「因為你選了一個最不尷尬的方法。」

「是喔！了解！」

「克愚，你覺得你的想法達成率會有多高？」

「哪一部分？」

「默契那部分。」

「嗯……我想……應該很低。」

「你怎麼知道很低？」

「因為現在坐在這張桌子旁的兩個人都沒有達成，一個沒做過，一個失敗了。以目前的樣本數來看，達成率是零。」我說。

「沒辦法啊，你說的默契是最完美的狀況。」

「是喔！可是我覺得最完美的是一見鍾情耶。」

「一見鍾情也分單方面跟雙方面的啊。」

「是的。」

是的，我只能說是的。因為我對妳就是一見鍾情啊。

「而且一見鍾情的難度太高，我聽過有人用一句很美的話形容所謂的一見鍾情。」她說。

「什麼話？」

「上帝造人時，跟你同一塊黏土捏出來的那一半。」

我聽完，腦袋轉了一下，「可是，好像有些人的黏土特別大塊？」

這次，她真的笑開了。

「克愚，如果你的說法成立，那麼會不會很多人在養成默契的過程中，對方就已經被別人追走了？」她用紙巾擦了擦已經流汗的杯子，然後遞了一張給我。

「會嗎？」我伸手接過。

「當然會。如果你這是一派學說，而你的學說成立，那一定會有另一個學說跟你分庭抗禮，這是學說的宿命，永遠有對立面，學說才能經由論證慢慢成為學派。」

「那妳說，我的對立面是？」

「是『愛要大聲說出來，別讓機會溜走』。」

「妳擊中我了，芝如。」
「這麼快？那擊垮了嗎？」
「幾乎。所以我的學說無法成派，因為太過脆弱，而且實驗樣本是零。」
「其實也不會，你代表另一群人，你是另一群人中的一份子。」
「那妳呢？妳代表的是愛要大聲說出來那一派嗎？」
「我或許中立一點，我代表誠實派。」
「有第三派？」
「哈哈！」她笑了一笑，眼睛都笑彎了，「我這第三派應該無法在剛剛的論辯中插上什麼話，因為我的訴求不同。」
「那妳的訴求是什麼？」
「就是誠實啊。」
「這應該不只用在感情吧，對所有事都要誠實不是嗎？」
「有些事情，一旦誠實了，路就走死了。」她說。
這時我突然想起有一次凱聖半夜打電話給我，要我替他打電話給李夜柔，勸李夜柔別生氣。我糊里糊塗完全不知道發生了什麼事，一問之下才知道，李夜柔問了凱聖一個非常老掉牙的問題：「我跟你媽掉到水裡，你先救誰？」

你覺得自然派的人會怎麼回答？當然是自然地簡單思考下的回答啊。

「妳要相信我的實力，親愛的，我會一次救兩個。」凱聖這麼回答。

「林凱聖，你說謊，你不會游泳。」李夜柔直接戳破他。

「那我誠實地回答妳，我會每天帶兩個泳圈出門，這樣就沒問題了！」凱聖說。

然後李夜柔說，如果他明天去上課沒帶兩個泳圈就要他好看。

或許李夜柔是意氣用事了點，也或許凱聖自然派太過自然了點，但這也是一個方法啊，只是這方法真的很蠢。

後來李夜柔罰凱聖要把一個泳圈套在脖子上陪她吃鐵板燒，這件事情才落幕。

「幹！你知道戴泳圈吃飯有多難嗎？我幾乎看不到菜啊！」凱聖說。

你看！他竟然不是覺得丟臉？

「老掉牙的問題之所以一直存在，是因為它有可以論辯的點，而且沒有標準答案，所以一輩子精彩。」芝如說。

「假如有人問妳這個問題，妳會怎麼回答？」

「你忘了我是誠實派的嗎？」

「我記得。」

「所以我會救我媽。」

「那男朋友就溺死了。」

「男人不會游泳不是我的錯。」

我噗嗤一聲，「妳這算是把問題拉到男女性別的層面了吧。」

「所以這問題才一直是由女人提出來的啊。」

「照妳這麼說，男人也該想一個讓女人頭痛的老掉牙問題？」

「可以啊。」

「那我問妳，一個是愛妳的，一個是妳愛的，兩個同時遇難，妳救哪一個？」

這問題讓她陷入長考，而且是很長的長考。

我沒有打擾她，只是靜靜地坐在她對面，看著她思考的樣子，又或者說，是看著她痛苦的樣子。

「克愚，這就是我說的，我跟男朋友個性不合。」

「你們討論過這個？」

她搖頭，「不算討論過，我男友大我十歲，早已經出社會，上星期我問他，他交過那麼多女朋友當中，我是不是他最喜歡的一個？」

「他說？」

「他說，他每一任都很認真，這無法分高低。我問他，這是打從心底最誠實的答案？他點頭。」

「嗯……我覺得他的答案可以接受。」

「我也可以接受，後來他用同一個問題問我，但我的答案他不能接受。」

「妳的答案是什麼？」

「我總共交過三個男朋友，他是第三任，我說我覺得第二個比較適合我，他立刻不高興起來。」

「難怪妳會說有時候誠實會把路給走死。」

「他跟我說，如果我真這麼懷念，不如回去找前男友。」

「沒必要這樣吧，愛問又愛生氣，是娘們嗎？」

「克愚，你不要這樣拐彎罵女人……」說完，她自己笑了出來。

「我沒拐彎罵女人啊，我說這話是打從心裡覺得女人有這種傲嬌的權利，因為她是女人，但男人這樣真的很娘們。」

「所以，你覺得，我到底該誠實還是該說謊？」

「妳剛剛說，妳是誠實派，對吧？」

「對。」

「目前不打算換門派，對吧？」

她微笑，「對。」

「那當然選誠實。」

「但我的對象不能接受誠實。」

「更準確地說，妳的對象只接受他的誠實，不接受妳的誠實。」

「那有什麼方法可解嗎？」

「我剛問的問題，妳想到答案了嗎？」

「我愛的與愛我的，我救誰？」

「對。」

「我救我愛的。」

「誠實？」

「誠實。」

「那他是妳愛的嗎？」

「呃……本來……」

「本來，那現在不是？」

「現在，我沒那麼確定了。我覺得，心裡的懷念每個人都有，懷念的不只是人，還有過去的一些回憶、一起走過的路，那些過程造就了今天的我，你遇見的是今天的我，喜歡的也是今天的我，為什麼會去在意把我塑造成現在這個樣子的過去呢？」她說，語氣有些失落與不解。

「我想我開始了解妳了。」

「哪方面？」

「妳很好辯，念新聞的都這樣嗎？」

「不是，念新聞不會這樣，我也不是好辯，我只是喜歡思考。」

「那妳現在打算怎麼辦？」

「找個好時間，跟他說再見。」

「妳說再見還要看日子啊？」

「不是要看日子，而是要慎重地道別。」她說。

愛過誰都一樣，離開時，都該慎重地道別。

有一天我在早餐店吃早餐時，看見報紙上出現一個熟悉的名字：「葉百融」。

標題是「清大學生葉百融強姦女同學，辯兩情相悅，檢求處兩年徒刑」。

不好意思，我是開玩笑的。

我一直不能理解的是，現實生活中的強姦罪為什麼都判這麼輕？應該老二直接割掉然後撒鹽巴沾醬油做成老二沙西米餵他自己吃下去啊他媽的。

抱歉我離題了。

百融投書報紙副刊，寫了一篇短篇小說，名叫〈女宿八樓〉。

內容是一個女孩子有個小小的夢想，她想養一隻貓。養一隻貓之所以只能是夢想，原因在於她有非常嚴重的動物過敏，嚴重到離貓狗太近她就全身起疹。有一天，她醒過來的時候發現枕邊有一隻貓，一隻淺咖啡色的幼貓，而牠正撒嬌地舔著她的手指頭，她卻一點過敏症狀都沒有，她很開心，立刻把貓帶到學校宿舍，從此寸步不離。後來她自學校畢業，開始出社會工作，貓也依然在她身邊，到了她結婚，貓也沒離開過她。有一天，她開車載著已經上國中的孩子去學校，那隻貓也在車上，回家路上她看著那隻貓，突然發現一件很可怕的事。

那隻貓依然是隻幼貓，完全沒有長大。

原來，那是她自己的精神分裂。

我打電話給他，「你是在寫三小？」

他第一句話是：「這篇稿子我只花了兩小時就寫完，值一千兩百塊。」

「所以呢？」

「所以我時薪六百元。」

「……」

「幹嘛無言？」

「我是問你在寫三小朋友？」

「你看不出來嗎？那是篇小說啊。」

「我當然知道那是小說，我的意思是你寫這幹嘛？」

「就突然想到就寫了，寫完了愈看愈滿意，就寄給報社，報社看了就說要用，用了就付稿費了。」

「所以這是篇驚悚小說？」

「這是一篇關懷精神分裂病患的小說。」

「關懷個屁！那我問你，這篇小說跟你的標題女舍八樓有什麼關係？」

「這年頭不是流行文不對題？」

「哪有？」

「哪沒有？那些記者問官員或立法委員對國家大事的看法，他們都說謝謝指教啊！」

「那叫答非所問。」

「咦？對喔。哇哈哈哈！」

「那你覺得如果拿到校刊社……」

「吼──」

哇哈哈哈！這樣逗他挺好玩的。

我想，報社錄取他的稿子，對他應該算是有報了一箭之仇的意義吧。

後來有個叫藤井樹的傢伙寫了一本《B棟11樓》，我以為是驚悚小說，心想應該會很有趣，買回家後發現原來是一本大學生的風花雪月，氣得我跑到他的部落格留言罵他騙錢。

一個多星期後，社團學長辦了一個焢土窯的活動。地點在台南梅嶺，目的是踏青、接近大自然。兩天一夜的活動，一人只要六百元。我找政業去，政業搖頭說沒辦法，他要練團，還要去Pub表演。一旁的廖神學長指著自己，用可憐兮兮的表情看我，我只好對他提出邀請。

「學長，那你要不要……」

我話都還沒講完，「沒辦法喔，研究所的課業繁重，老闆不會放我去。」他說。

幹！我可以殺了他嗎？

到了台南之後，我感受到南台灣的天氣真的比北部好上十倍百倍，感覺很輕鬆，步調明顯比台北慢很多。可能是因為這樣的步調影響所致，我們焢土窯的速度也很慢，慢到我血糖都低到全身發抖了，土窯裡的土雞還沒熟。

其實焢土窯是件很無聊的事，如果旁邊沒人陪你聊天的話。

偏偏這次來的二十九個人當中只有五個男生，於是五個窯子，男生剛好一人負責一個。從堆土塊、升火等等，所有的過程都是一個人來，累倒是還好，偏偏女孩子成群在有遮陽架的地方聊得好開心，如果讓她們穿上古裝，你會有看見仙女在飄來飛去的幻覺。

不是她們很美，而是我快被曬到中暑了。

搞了半天終於把土雞跟一堆地瓜燜熟了，我以為會得到女孩們親切的問候及掌聲，但得到的回報是「好慢喔！」「餓死了！」

幹！我可以翻桌嗎？

那次入住的飯店是一間在台南市區的三星級飯店，沒什麼富麗奢華的裝潢，但還算乾淨，兩張大床，四個人住一間。偏偏男生有五個人，經過猜拳之後，我被分到沙發。

哇靠！哪有剛好四個人都出石頭，只有我出剪刀這麼巧的事？

洗完澡之後，我打電話給君儀。

漸進曲

「嗨！克愚！好久不見！」電話那頭她的聲音依然親和力十足。

「對啊，好久不見！」

「最近好嗎？」

「嗯……就跟我的幾何學一樣，普普通通啦！妳呢？」

「那我就要回答跟我的中國文學史一樣馬馬虎虎啦。」

「妳會不會覺得好熱？」

「會啊。夏天的台灣哪有不熱的？」

「那妳會不會覺得有點渴？」

「渴？我剛剛喝過水，不渴啊。」

「那妳知不知道哪裡有好吃的剉冰？」

「我都離開東吳一年了，怎麼會知道？而且你忘了我是路癡嗎？」

「是喔，可是妳答應過我，妳回到台南之後會努力記路啊。」

「你在台南？」

「對啊。」

「你、在、台、南？」

「需要這麼驚訝嗎？」

「天啊！我昨天才夢到你來台南找我耶。」

「是喔！所以這大概就是一種……」

默契……嗎？不知道為什麼，這兩個字我收在嘴裡沒吐出來。

「一種夢的預知，對吧？」

「是的，沒錯！」我附和著。

君儀問了我住的飯店，大概三十分鐘後她就騎著摩托車出現了。

「我沒失信吧，回台南後我真的有在記路了。」她說，「不然你可能會等到半夜還沒看到我，因為我還在忙著迷路。」

一年不見了，她看起來有些不一樣。頭髮長了些，還去燙了髮尾大捲，劉海開始變得自然有型，不像還在東吳的時候那樣帶點稚氣。我發現她似乎學會了化妝，略帶紅潤的臉頰和濃密的睫毛就是證明。

她穿著一件無袖的淡紫色連身裙，身材依然令人……敬佩。

她的摩托車比梗梗的性能好很多，也難怪，她的「妞妞」才兩歲多，比起梗梗這匹老馬，當然要健康許多。

只是我有個疑問，為什麼女生喜歡替自己的東西取名字？

君儀的摩托車叫妞妞，因為她覺得很可愛。

我在教李夜柔微積分的時候，她說她的筆電叫作小皮，原因是它滿常當機的，很皮，所以叫小皮。

既然很會當機，不是應該叫「我靠」或是「他媽的」嗎？而且為什麼還不快點換電腦？

廖神學長說雷夢娜也會替她的東西取名字，她存了好久的錢才買的手錶，就取名叫安妮。

我問：「為什麼？」

「這叫作有氣質。」他一副很驕傲的表情。

「……」

難怪他們兩個可以在一起。難怪廖神學長替她取外號叫雷夢娜。

完全不明所以，只要白爛，什麼都可以。

我還不知道顏芝如有沒有替自己的東西取名字，改天我再來問問看。

君儀帶我到一間水果店吃冰，是的，妳沒看錯，那是一間水果店。

店名叫「泰成水果店」，店面不大，面寬大概四米，門口擺了很多水果，看起來就是個水果攤。

我們只點了一碗芒果冰，君儀說她吃不太下，我吃就好，但對這一味大力推薦。

大概是因為好朋友許久沒見的關係，話匣子一開，嘴巴就停不了了。她問我政業跟廖神學長過得怎麼樣，我說一個目前功課普普，因為都在玩樂團；另一個目前念研究所，還是一樣白爛到底，論文應該是寫不出來。

「那妳呢？這一年妳過得怎樣？」

「一樣囉！剛進中文系的時候很興奮，因為家裡一開始很反對，高中念理組，大二又換到文組，他們不理解我的這個決定。他們沒想到其實是他們要求我高中要選擇理組的，但我對理組真的沒興趣。」她說。

「擔心將來找工作的問題？」

「這倒還好，念數學系出身也沒有比較好找工作啊。」

「妳說得對。嗚嗚……」我掩面哭泣。

「如果真的只是要文憑，那麼我要選我喜歡的文憑。」

「所以到現在為止都習慣了？」

「還可以啦。我是覺得我把中文系想得有點美好，但學術的東西本來就比較刻板死硬，不過我有這樣的熱情，所以目前為止都能接受。」

「那……交男朋友了沒？」

「矮額！你怎麼問得這麼直接？」

「是喔！那我換個方式問，妳……有人要了嗎？」

「趙克愚，你也變白爛了！」

「是喔！對不起，室友病毒是一種精神危害，會深入靈魂。」
「你最好離他遠一點。」
「我會的。但妳沒回答我啊。」
「沒有啦，我沒有男朋友。」
「妳這次空窗比較久喔。」
「幹嘛這樣講？講得我好像空窗都很短。」
「我沒什麼其他意思啦，我只是想說妳這麼優秀，到成大應該很快就名花有主了。」
「名花不一定得有主，有主的也不一定是名花啊。」
「妳現在是在展現中文系的學養嗎？」
「被發現了嗎？哇哈哈哈！」
嗯，她的笑聲依然豪爽，果然是南部人的親和力培養出來的。
「沒有男朋友，那至少有人追吧？」
「有啊，你小看我囉。」
「我相信沒人敢小看妳，真的……」
她聽出我語帶雙關，「趙克愚，你真的該考慮換室友，或是快點離開他們兩個。」
「抱歉抱歉，我開玩笑的，妳繼續。」

「追我歸追我啊，也要看我喜不喜歡、有沒有感覺啊。」

「所以是喜歡重要？還是感覺重要？」

「有感覺就會喜歡啊，有喜歡就有感覺啊。」

「是喔！有先後順序嗎？」

「呃……應該是先有感覺吧。」

「有感覺之後就會喜歡？」

「也不一定，說不定感覺很快就因為什麼事而消失了。」

「那喜歡的一定有感覺？」

「對啊，沒感覺怎麼喜歡？」

「那有沒有可能喜歡，但沒感覺？」

「不可能吧。」

「所以妳們女生還是把感覺擺第一嘛，對吧？」

「你要這麼做出分析結論也可以。」

「如果這結論成立了，那女生喜歡聽『我對妳有感覺』，還是『我喜歡妳』？」

「呃……」她歪著頭想了一想，「好像後者會好一點。」

「原來如此。」

「怎麼了？你有喜歡的女孩子了？」

「嗯……應該這麼說，我還在理解『我喜歡她』這件事。」

「喔，是喔……」她說，語氣突然像破了底的船一樣往下沉。

「妳怎麼了？」

「沒什麼！」她眨了眨她的大眼睛，「克愚，你好可愛，但也好笨。」

「怎麼說？」

「喜歡不是一件事，而是一種發自心裡的情感，不是數學題，不是方程式，是不需要理解，也無法理解的。」

「所以，妳的意思是？」

這時，她拿了我的湯匙舀了一匙冰塞進嘴裡。

等到她擠著眼睛，吞下去了，才緩緩地說。

「去追，就對了。」

喜歡，是不需要理解的。

13

顏芝如跟男朋友分手後沒幾天，我在跟她的ＭＳＮ聊天當中得知這個訊息。看她好像情緒非常低落，我說如果不嫌棄的話，一起吃個晚飯。

我以為分手是她提的，沒想到她男朋友早了她幾步。

「分開之後才發現，原來，我已經這麼喜歡他了。」顏芝如說。

「如果妳真的不想分開，要不，去把他找回來？」我說。

「就算找回來了，個性差異依然存在。」

「那……妳不是說妳的前男友比較適合妳，妳要不要找他？」

「克愚，你這不是要我病急亂投醫嗎？」

「不好意思，我只是希望妳好過點。」

「陣痛期總會有的，過了就好了。」

然後，這一過，冬天就到了。

還記得小藍說，顏芝如是個喜歡驚喜的女孩子。

顏芝如自己也說，有些特別的事情她會覺得很浪漫。

我找了身邊所有意見值得參考的人來討論這件事，這件如何把浪漫兩個字變成一件實際行動的事。因為君儀說：「去追，就對了。」

我是個講規矩的人。我是說，我自己的規矩。

當我跟好朋友喜歡上同一個人，我的規矩是退讓。

當我喜歡的人有男朋友，我的規矩是單純只當朋友，除非她戀情結束。

百融說可能是他的學伴個性比較單純，而單純的另一個解釋叫阿呆，所以似乎不太需要什麼技術門檻太高的動作就可以搞定，「女孩子大多喜歡能給她快樂感覺的男生，這是絕對的重點。」

我了解百融，他不是個很幽默的男生。不過他的學伴好像覺得他很幽默。百融說他有時候只是隨意回了一句話，學伴就會笑歪了腰。我要他舉例，他說：「就前幾天啊，她跟我說她有一個男同學跟她抱怨，說他女朋友已經兩、三個星期沒有跟他說過一句話，連電話都沒打。我就說，妳去叫妳同學好好把握這女的，這年頭這麼安靜的女人不多了。然後她就笑彎了腰。」

嗯，我真的覺得他的學伴是個笑點非常低的人。

凱聖說他非常了解女人，女人喜歡的是自然不做作的男人，生活的堅持別太多，女人就會覺得你好相處，一旦她們覺得你好相處，那大概就成功一半了。因為你的存在對她來說沒壓力，所以隨時約就隨時出去，相處時間變長，相愛機率就會增加。而且重點是，男人的面子一點都不重要，當她發現你為了她，就算出糗也在所不惜的時候，她會認定你是個好對象。

「所以你才願意戴著泳圈吃鐵板燒？」

「戴泳圈吃鐵板燒算什麼呢？我前兩天又惹李夜柔生氣了，這次她要我去 7-11 門口學門叫。」

「學門叫？」

「你進出 7-11 不是都有叮咚的聲音嗎？」

「喔！」我瞬間理解，「那她叫你學門叫幹嘛？」

「我只是在她睡覺的時候把她的頭當鈴鐺一樣一邊戳一邊叮咚叮咚地配音，她就叫我去學門叫。」

「你自找的啊。」

「我覺得她很沒幽默感耶，你不覺得這種生活情趣很好玩嗎？哇哈哈哈哈！」

……我還是去問別人吧。

因為「耍花槍」的主唱家裡非常嚴正反對的關係，所以他退出了樂團。沒了主唱的樂團就不叫樂團了，於是經過樂團成員決議後，政業遞補上這個位置。

「你知道你歌唱得其實……不太……那個，你知道吧？」我說。

「這事情你知我知，天下皆知。」

「那為什麼樂團還要你當主唱？是想解散了嗎？」

「不，他們叫我當樂團主唱的原因只有一個，因為我夠高，站在前面比較好看。」

這時我看著他，他看著我。

「好吧，你一八〇，我沒話說。」我摸摸鼻子。

政業為了接主唱的位置，還找了 Pub 老闆介紹歌唱老師教他唱歌。練了幾個月，他唱歌明顯進步很多，至少在唱搖滾歌曲上沒什麼問題。

因為有固定表演機會的關係，他開始有一些固定的歌迷。「當然是女孩子居多啦，她們覺得玩樂團的男生有魅力。」政業說，「所以女孩子喜歡的是有魅力的男生，而魅力來自才華，提升自己的才華，提升自己的專業技術，女孩子自然會喜歡你，你根本不需要花心思去追她。」

「所以要有什麼才華？」

「都可以啊！問問你自己會什麼。」

「呃……數學可以嗎？」

「學校以外的啦！」

「呃……還是數學……」

「好吧，那你可以去問問顏芝如需不需要補習數學，你免費指導。」

「我猜她應該不需要。」

「那你要不要來練吉他？」他一手指著琴，轉頭看著我。

「要練多久才有你說的才華？」

「大概十年。」

「算了，我還是去算我的數學吧。」我說。

廖神學長這時也想發表他的看法，我直接叫他去吃大便。

這事我也問過我哥，他說：「真心可以感動人。」講得真籠統。

我也問過我姊，她直接說：「你追不到。」媽的……

我甚至連我媽都問了：「媽，爸爸有對妳做過什麼浪漫的事嗎？」

「沒有，連花都沒送過。」

「所以他不是個浪漫的人？」

「對我來說，他的浪漫是他的責任感，他是個好爸爸、好丈夫。」

說著說著，我媽開始陶醉地回憶起來，我就不方便再打擾她。

後來我什麼也想不到，所謂的浪漫和特別，對我來說果然像是接不上電的兩端，我不是凱聖，我想不出那種很白癡的告白法。我也不是政業，我沒有勇敢到能在許多人面前做出那樣的舉動。

既然沒有特別的方法，那就買個特別的禮物吧。

我跑去球員卡專賣店，跟老闆好說歹說、千拜萬託，請他讓賣鈴木一朗初上大聯盟的紀念球員卡。那張卡花了我兩千塊，幾乎等於我半個月的零用錢。

我約顏芝如在十二月二十一日提前一起過耶誕節，她說要考慮一下。

兩天後她回覆我，說希望我別帶她到太貴的餐廳，她喜歡的不是大餐，是巷弄裡的普通小吃，就算是四海豆漿也沒關係。

政業說，女孩子都給機會了，要好好把握。

百融說，這麼正的女孩子配給我，根本就是暴殄天物。

凱聖說，都已經約出來了，再追不到就是個人技術問題。

廖神學長說什麼我都沒聽到。

我訂了一間在國父紀念館旁邊的美式披薩店，叫蘇阿姨比薩屋。東西好不好吃我已經忘了，因為我的目標不是美食。把球員卡送給她的時候，我第一次看到她這麼興奮的樣子。

吃完飯之後，我們散步到華納威秀看了一場電影。電影好不好看我已經忘了，因為我的目標不是電影。散場後離她回到宿舍的最後一班公車只剩下五分鐘，在她急著要去趕公車的時候，我叫住她：「載妳回去，好不好？」

我能感覺到她在梗梗的後座發抖，我想她穿得不夠保暖。停紅燈的時候我把自己的風衣反穿，希望能替她擋住一些夜裡的寒風。她本來只是拉著我腰間的衣服，後來慢慢地用手掌輕扣我的腰。一路上我們沒聊什麼話，而且我這才知道，原來華納威秀離世新大學這麼近，近到我覺得怎麼好像瞬間就到了。

到了她的住處，我坐在梗梗上，她下車把安全帽遞還給我，彼此沉默了大概十幾秒鐘，似乎都想說什麼，又不知道該說什麼。

「那……晚安了。」她打破沉默。

「嗯……晚安。」

「克愚，我今天晚上很開心，真的很開心，謝謝你的陪伴，也謝謝你的球員卡。」

「我想我比妳開心，我也謝謝妳陪伴。」

「那……你還有好長一段路要騎，要小心喔，好嗎？」

「放心，我一直都很小心，而且梗梗也騎不快。」

「好，那我上樓了，我們等等ＭＳＮ見？」

「好！ＭＳＮ見！」

她走進大門，門關上的那一瞬間，我差點因為興奮過度大叫起來。

但我不能在這時候亂了方寸，我要趕回公寓跟她ＭＳＮ，我得加快腳步。

然後，我在半路上摔車。

一個窟窿害我重心不穩，整個人在路上滑了至少十公尺，當我站起身來，我的牛仔褲全毀，我的風衣破了，我的膝蓋、大腿跟手肘都是大面積擦傷，左腳踝還一陣陣地劇痛。還好我戴了安全帽，帥氣的臉龐沒有受傷。

梗梗在離我十公尺遠的地方，引擎還運轉著，像是它微弱的喘息聲。

路人跑過來攙扶我，問我要不要叫救護車，我急忙搖頭，表明我必須快點回家。雖然摔車了，但我想我的運氣還算不錯，犁田當下附近沒有車子，不然可能會波及其他用路人，後果就難收拾了。

忍痛回到家，政業跟廖神學長都不在。我第一件事不是處理自己的破衣褲跟傷口，而是上MSN告訴她我「安全」到家了。

我們又用MSN聊了半個多小時，約好跨年的時候一起到Pub看「耍花槍」表演。

洗完澡之後，我簡單處理過傷口就睡了，隔天，政業看見我走路一拐一拐，立刻帶我去看醫生。身上的傷不算太嚴重，但左腳踝脫臼，醫生替我打上石膏，用夾板固定，說我要三到四個星期才能拿掉石膏，於是我多了一雙拐杖陪我走路。

十二月三十一號那天，我騎著修好的梗梗從雙溪騎到景美，因為左腳不能使力，又有一雙拐杖靠在我身上，所以我騎得很慢很慢，花了整整一個小時才到目的地。

一路上，我不停練習著該怎麼跟她解釋這身傷和這雙拐杖，還有所謂的「安全」到家其實並不是完全地安全。

但是，當我在她住處的巷口看見一個男生緊緊抱著她的時候，我才知道這些練習都是多餘的。

我是個講規矩的人。

看到這一幕之後，我訂了一個新規矩：先狠狠地難過一場再說。

「原來，我已經這麼喜歡妳了。」我自言自語著。

原來……

14

有一天我跟政業走在學校裡，下著雨，我們撐著一把斷了傘骨的破傘，是跟廖神學長借的。他說這把傘是有歷史的，從他爺爺傳給他爸爸，再從他爸爸傳給他哥哥，然後傳到他手上，「這把傘至少十歲了，我們村子裡野狗多，而且有攻擊性，所以我爺爺跟我爸爸都用這把傘擊退過野狗，又名打狗棒。」他說。

傘很大沒錯，兩個人站在底下絕對夠用也沒錯，不過傘骨斷了兩根，而且有第三根已經搖搖欲斷，傘皮還有破洞，看起來像是老鼠咬的。

我跟政業嚴重懷疑這把傘根本沒有什麼歷史，也不是什麼打狗棒，廖神學長只是想看我們怎麼用一把破傘在大雨中橫越學校。

走沒多久，迎面來了兩個女孩子，一見到我們就開始笑。

我以為她們是在笑我們傘破人濕，沒想到她們竟走到我們面前停住，這時我才發現，她們不是看著我們笑，是看著政業笑。

「阿政，今天會有演出嗎？」其中一個長髮女孩問。

「有啊，妳們還要去嗎？」政業笑著回答。

「那可以請你幫我們留四個位置嗎？我們有四個人要去。」

「如果四個都是女生的話，當然可以。」

「哎唷你好壞。」另一個頭髮比較短的女生笑得花枝亂顫。

「我開玩笑的啦，哈哈哈，放心啦，早點到喔，不然位置留不久。」他說，那三聲哈笑得好乾好假。

「好啊，那晚點見囉！拜拜。」

說完，她們與我們擦身而過，空氣中飄過一陣香氣。

「哎唷！忠實歌迷耶！」我的語氣酸酸的。

「喔！超忠實的！很常來！來到我們都互留電話了。」

「哎唷！還叫你阿政耶！」

「樂團說叫阿政比較有親切感啊，可以拉近跟歌迷的距離。」

「哎唷！女生才能幫留位置耶！」

「那是開玩笑，亂虧的啦。」

「哎唷！」

「你不要再哎唷了！我知道你要說什麼。」

「我要說什麼？」

「你要說短頭髮的比較正，對吧？」

「不對。我要說玩樂團的福利真好，女歌迷任選。」

「哪有任選？長頭髮的那個有男朋友了，短頭髮的前兩個星期剛分手。哇哈哈哈哈！」他仰天長嘯起來。

「你連這都知道？」

「她自己跟我講的，而且她還說很欣賞會唱歌跟彈吉他的男生，擺明就是在說我嘛，哇哈哈哈哈！」

說完，搖搖欲斷那根傘骨就垮了，頓時我們被傘包住，看不見前面的路。

政業索性把傘丟到旁邊的垃圾桶，直接淋雨走出學校大門。我跟在他後面，眼睛盯著的，是他快速前進的後腳跟。

抬頭之後，映入我眼裡的是政業的背影，他身高一百八十公分，肩寬腳長，身上還穿著一件皮夾克，頭髮也留長了，不再是大一剛認識他的時候那個短髮又不修邊幅的茶農家的孩子。

有帥到。

政業的改變，完全是從樂團成立之後開始的。變成主唱之後，他改變的幅度更大。他開始在意臉上的痘痘，他開始在意髮型有沒有歪掉，他開始厭惡自己的吉他技巧進步太慢，他開始覺得自己文學造詣太差，所以歌詞一直寫不好。

他常跟我和廖神學長說，如果哪天他可以登上一個舞台，而那個舞台是電視上那些大牌歌星們的高度、寬度、廣度、深度，那才是他人生的開始。他希望登上舞台的不只有他一個人，而是耍花槍全部一起上台，大家一起完成夢想，並且一起把夢愈做愈大。

廖神學長說，他選了一條最難走的路。

「天底下想進這行的素人有多少？成功的有幾個？根本比公職考試錄取率還低。」廖神學長說。

其實，我也贊同。

不過我們都不曾潑過他冷水，我們都希望他可以成功，至少能闖出一些成績，一些能給自己交代的成績。就算沒有，就算失敗，將來也能對別人說：「我努力過，所以沒遺憾。」

一個月後，「耍花槍」跟一個經紀人簽了合約。

那個經紀人說，他已經來看耍花槍表演很多次了，他認定這是一個會大紅大紫的團體，他一定會好好地帶著他們往高峰邁進。

那天，政業高興到在 Pub 裡喝醉，是完全醉倒的那種，頭去撞到桌角，腫了好大一個包，不過他完全沒感覺。難怪人家說醉拳威力很大，打人不留力，被打不會痛。

耍花槍的鼓手把他送回來時，門才剛打開，一陣濃濃的酒氣就撲鼻而來。我跟廖神學長把他扛進房間，脫掉鞋子，香港腳臭味立刻瀰漫整個空氣中，我跟廖神學長摀著鼻子趕緊關門。

廖神學長在他房間門口貼上一張紙，寫著：「政業，要進攻演藝圈了，酒量要練一練，重點是，香港腳快點治好！」

我看著最後那「腳快點治好」五個字，發呆了好一下。

兩個月前的某一天，顏芝如也傳過這樣的訊息給我，那是她傳給我的最後一個訊息，我還保留在手機裡，捨不得刪掉。

跨年夜，我們當然沒有去看耍花槍表演。

顏芝如打來第五通電話我才接起來，她第一句話是：「我剛剛在想，如果你再不接的話，我就不會再打了。」

那個緊緊抱住她的男人，是她剛分手的男朋友。

這個男的在跟她分手後立刻交了新女朋友，甜蜜期很好，但破裂得也很快，動不動就生氣，生氣還不給安撫，男的失去耐性就開始吵架，一吵架女的就喊分手，幾次喊下來，真的分手了，才發現顏芝如比較好。

這就是所謂的失去才知道珍惜嗎？

「他求我原諒，要我再給他一次機會，一次重新開始的機會。」芝如在電話裡這麼說。

我沒搭腔，只是嗯了一聲，等待她繼續說下去。

其實我並不是故意站在她家巷口被她發現的，我只是愣住了，傻住了，腳像是被釘在原地一樣動彈不得。我開始相信老天爺是故意讓我在這之前摔車的，那我就有很好的理由說我是因為腳脫臼所以走不開，我不是故意要站在那裡讓她跟前男友發現。

可是老天爺沒算到，或許我根本不想看見這個心碎的畫面呢？

我哪能說什麼呢？我只是一個她的朋友，我不是她的誰。

她其實不需要向我交代什麼，一通電話打來說她沒辦法跟我去看耍花槍就好了，或是傳個訊息說她有事不能赴約就好了。

我不是她的誰。

「克愚，我沒有答應他的請求，我說我需要時間考慮，請他先回去。所以我們還是可以去看表演的。」她說。

我還是沒搭腔，只回了一聲嗯，等待她繼續說下去。

我開始在想，如果還需要時間考慮，是否表示真的會考慮？還是那只是拿來搪塞的話？目的是要他先離開，把戰線拉長，別讓自己在情緒不穩定的時候做出感性的決定，之後不小心後悔了又得分手一次。

「克愚，我不知道為什麼我這麼擔心你的感受，我也不知道為什麼我這麼希望能跟你解釋這件事。」

「……嘿！妳別擔心啦！我沒事的。」我終於搭腔了。

而第一句搭腔，竟是說謊。

然後，我跟她扯了一堆有的沒的，我講了好多話，都跟那晚映入眼簾的擁抱無關，我說了笑話，講了廖神學長的白爛、講了政業、講了凱聖、講了百融，差點連我哥哥、姊姊都拿出來講。

天知道我什麼時候變得這麼多話，像將死之人的迴光返照。

我一個人站在政業表演的 Pub 外面，右手拿著手機，左手插在口袋裡，我的情緒跟裡面的人完全呈反比。如果這時拿攝影機來拍，然後快動作播放，我一定是最顯眼的那個。因為周圍的人一直在走動，只有我是靜止的。

「我知道你對我好，克愚，你是個很棒的男孩。」

「還好啦，普通棒，普通棒。」

「只是我現在很亂，我也不知道該怎麼辦。」

「沒關係啦，妳自己仔細想清楚就好，別衝動做決定。」

「我明知道他不適合我，但放手真的好難。」

「所以我才說妳要考慮好啊。一切以不傷心為最高指導原則，好嗎？」

「我會的，我會考慮清楚。」

「那就好囉！別擔心我，我沒事。沒辦法一起跨年了真可惜，不過沒關係啦，有緣再一起跨年吧。」

「克愚，我有話想跟你說。」

「妳請說。」

Pub 裡傳來一陣倒數計時的聲音，二〇〇三年就要到了。

我在他們數到十的時候，聽到顏芝如小聲地說：「我是喜歡你的。」

「妳說什麼？」

「我說，我是喜歡你的。」

五、四、三……

「我更喜歡妳。」

二、一……

我說。

新年快樂……

回過神來，我坐在衣櫥前面，全身依然赤裸，只穿著一條內褲，頭髮已經自然風乾了，頭上的毛巾不知道何時被我掛在肩膀上。

好像真的太醉了，連自己坐在地板上發呆了多久都不知道。掉進回憶裡的人就像搭時光機回到過去一樣，一段段故事從頭開始演一遍，你是主角之一，配角有好多，有些已經辭演了，有些還陪著你。縱使有些細節忘了，仍然是一部好看的人生。可惜這不是電影，也不是什麼時空穿越劇，什麼都沒辦法改變。

我隨意套上一件衣服免得著涼，「穿上，承擔」四個字再一次映入我的眼瞳，我下意識地笑了出來，自言自語地說了句：「媽，我知道了。」

眼角瞥見另一邊櫃子裡那本很厚的相簿，深褐色的厚皮封面，一行燙金的英文字：「For Memory」。我覺得這是一句廢話，哪一本相簿不是為了回憶存在的？

我記得這本相簿一共可以放六百張照片，是送我相簿的人說的。我更記得第一張照片拍的內容是什麼。那是我大四那年在擎天崗放風箏時被偷拍的一張照片。那天沒什麼風，天氣也不算太好，平日有牛在走動的大草坪上沒幾個人，因為那天不是假日。

橫幅的照片將寬闊的背景收入其中，我在草原中顯得渺小，風箏更小。感覺得出來，拍照的人有一種觀天下的氣勢，彷彿她擁有如同上帝般的視角，彷彿整張照片的構圖完全依她的安排在進行，彷彿風是依她的指令偶爾吹偶爾息，彷彿我就是那個被線牽住的木偶人隨她擺佈。

彷彿她總是能看透什麼。

風箏飛不起來，我就拉著線不停地跑。像是在教訓一個不想上進的孩子，拉著他朝更高的目標前進一樣。

她說：「就算它是風箏，也會有不想飛的時候。別勉強它，更別勉強自己了，來坐著吧。」

丁尹說話的語氣總是很輕，贅字很少，卻很有說服力。

是的，她叫丁尹。

我第一次遇見她是在回台中的火車上。那是假日的前一天，人很多是正常的。我有回家前先訂票的習慣，所以很少會一路從台北站回台中。

丁尹在板橋站上車，我印象深刻。她頭髮到肩下，有幾撮挑染成較深的桃紅色，跟她秀氣但略顯蒼白的臉不太搭，肩上背著一個簡易的背包，胸前掛著一部相機，看起來很專業，那鏡頭大得好像可以打出一發砲彈一樣。

她走進車廂，拿著票對號入座。我坐在靠窗的位置，她正好坐在我旁邊靠走道的位置。她看著我，點了點頭，感覺得到這是陌生人與你同一旅途間的招呼，你不知道他跟你的目的地是否相同，但總有一段路要一起走。

車子剛發動，一個老婆婆緩慢地從前面車廂穿過走道走進來，手上大包小包，還拉著一個舊式的媽媽買菜小拉車。她拿著票對號，視力似乎不夠。

我走上前幫她，替她找到位置，那位置在我後面，但有個身材巨大的先生直接躺在上面睡覺，滿臉鬍碴，睡到口水直流，一個人佔了兩個位置。我搖一搖那位先生，靠近了才聞到他一身酒氣，他醒過來，睡眼惺忪地看著我，然後突然皺起眉頭翻臉：「幹你娘我要睡覺吵三小？」

說完過沒五秒，他就吐了，吐得整個座椅都是。

有人通知了車長，他五分鐘之內就趕來了。不過那位先生完全把其他人當空氣，連理都不理，我跟車長兩個人拉他拉不起來，車長只好說：「我請清潔人員來清理一下他吐的，下一站我再請鐵路警察上來把他帶離。」

我請老婆婆先坐在我的位置上，同時替她把東西擺到上方行李架。老婆婆不停向我道謝，接著就像一般正常的老一輩一樣，開始做身家調查。她問我幾歲、哪裡人、在哪裡念書，感覺像是凱聖上網跟女孩子聊天的時候會問的起手勢：「安安！幾歲？住哪裡？」

我就這樣站在走道上跟阿婆聊天，聊到桃園站，我以為鐵路警察會上來處理醉漢，但是沒有，原因是什麼我也不知道。阿婆在火車離開桃園站之後就睡著了，而且還打呼，我不好意思打擾她，心裡已經做好要站回台中的心理準備。

丁尹這時候轉頭對我說：「剛剛聽你跟阿婆聊天時說，你是東吳的？」

我愣了一下，「喔！對啊。」

「我在你隔壁而已。」

「隔壁？」我想了一下，「是樓上還是隔壁？」我回問她。

「樓上是文化，我說的是隔壁。」

「所以是銘傳？還是再遠一點的陽明？」

「銘傳。」

「是喔！那真的是隔壁。」我說，順便乾笑兩聲。

「你是個有愛心的人。」

「沒有啦，只是一點小忙，跟愛心扯不上邊。」

「但你知道嗎，一旦你把位置讓出來，是很難再要回去的。」

「是喔！妳好像很有經驗。」

「我經常搭火車，這方面的經驗我太多了。人總是把別人的幫助視為理所當然，拿走了就忘記那其實不是自己的。」

「沒關係啦，我只是搭到台中，稍微站一下就到了。」

「如果你腿痠，我的位置可以跟你輪流坐。」

「喔不！不用！謝謝妳的好意，妳也是個有愛心的人。」

「只是一點小忙，跟愛心扯不上邊。」她說。

過了兩秒，我們都笑了起來。

「妳好，我叫趙克愚，克服的克，愚人節的愚。」

「你好，我叫丁尹，丁香的丁，尹是……」她想了一下，乾脆直接在手上寫給我看。

「喔！我知道了，尹，尹，丁尹。」我碎碎唸著。

「你的名字很有意思。」

「我？」我指著自己，「哪裡有意思？」

「克愚克愚，替你取名字的人應該很希望你能克服一些人性本身與生俱來的愚見，做個有智慧的人吧。」

「我倒沒想過這個，我只覺得我爸應該是希望我在每年愚人節的時候克服別人的欺騙。」

「所以名字是你爸爸取的？」

「是的。」

「這是個好名字呢。」

「是喔！妳研究過姓名學嗎？不然怎麼會這麼說？」

「我沒有研究過姓名學，單純以字義來衍生更深層的意義，就覺得這是好名字。」

「我有個學長，同時也是我室友，什麼八卦、易經、紫微斗數、面相、摸骨都有研究，所以人變得有點……妳知道的，就毛病很多。他有點不正常，講話很奇怪，如果妳問他現在總統怎樣，沒意外的話他會從秦始皇開始跟妳講。」

「哈哈哈！」她掩著嘴笑了起來，「那他現在還好嗎？」

「妳問錯對象了，妳應該問我還好嗎。他一向活得很好，不好的人肯定是我。」

「哈哈哈哈！我看你目前狀況還不錯啊！」

「有時候人生啊，撐不下去還是要撐啊。」我說。

車廂裡不是個適合大笑的地方，於是她摀著嘴巴，笑到肩膀一直抖動。

丁尹家在台南，跟君儀一樣。只是一個在市區，一個在近海。君儀住在東區，丁尹家在七股。

七股最著名的就是鹽田、鹽山和潟湖。時常聽人家說，卻連去都沒去過。丁尹說，現在七股已經不再採鹽了，但台鹽公司以前堆出來的鹽山被保留下來做為觀光用途，其實鹽山不高，也才二十公尺，但它有相當的歷史價值。

我們從鹽山聊到牛排，從牛排聊到榴槤，又從榴槤聊到蝦卷，好不容易脫離吃的話題，聊到她脖子上掛著的相機。

她說，她喜歡攝影，不是專家，但有研究，沒什麼很具水準的作品，一切都是拍自己高興。她可以為了記錄一些人生走過的路，所以每到一個地方就拍下它的地名；可以為了記錄一些天氣的變化，坐在窗邊一整天只為了等待下雨；她拍過同學們參加籃球比賽前的緊張表情，也拍過西門町空無一人的街景，一個老爺爺等公車時看著天空像在祈禱著什麼，一個在幼稚園門口等爸媽來接的小女孩正在玩著左手右手猜拳遊戲。

「我希望我是個記錄者，人生錯過的太多，幸好快門可以替我留下來。」她說。

她說從國一開始接收了爸爸的老爺相機之後，對這小框框裡能留下的瞬間感到著迷，無比地著迷。在男同學把零用錢花在漫畫書跟寫真集上面的時候，她已經一卷一卷地收集起自己的底片。

她從背包裡拿出一卷底片放到我手上，上面的 Kodak（科達）字樣已經磨去了一半。「這是我第一卷底片，我一直保留著、帶在身邊，對我來說，這是一個重要的紀念品。」

然後，她把相機拿給我看，「這是我打工買來的，機身花了我四個月的青春，而鏡頭更多，六個月。」

她把相機電源打開，把拍過的照片秀給我看。

我看見有我在幫老婆婆拿東西的照片，還有我跟車長在移動醉漢的照片。

「咦？這算是一種偷拍嗎？」我問。

「你放心，如果醉漢要告你非禮，我這裡有照片可以證明你的清白。」她說。

火車即將抵達台中站，就要下車之前，我鼓起勇氣向她要了電話號碼。

她說，既然學校就在隔壁，要不找時間一起出去走走，或是帶她到東吳裡面晃晃，可以讓她拍點照片。

我點點頭，帶著滿足下了火車。等到列車再度開動，我看見她隔著窗戶對我揮手。

我們沒有約好再見面的時間，但我知道我們一定會再見的。

因為她的 Kodak 在我手上，我忘了還給她。

或許你想問，那顏芝如怎麼了？

她考慮了一個多月後，跟男朋友復合了。農曆大年初一，我打電話跟她說新年快樂，她告訴我這個消息，我恭喜她，我祝福她，而我對她的決定竟一點都不覺得意外。

我們還是會聊MSN，只是頻率降低了。話題很多，但都避談感情的事，我迴避，她感覺到，她迴避，我也感覺到，避著避著就避習慣了。

我知道她跟男朋友還是會吵架，偶爾她欲言又止、說話語氣低落的時候，我能聞到那傷心的味道。廖神學長說，我已經可以通靈了，這都聞得到。

「你媽的我在跟人家聊天你別來亂。」我說。

「喔！我聞到了有人火大的味道。」

「對……」

「耶！我也可以通靈了。」他說，說完便從我房間裡飄出去。

有一次，顏芝如不經意地告訴我，她男朋友考上了律師。看樣子如果哪天他們又分手了，我可不能去罵他，會被告到死。

芝如，妳的選擇，妳自己要好好地尊重。

我只能祝妳幸福了。

對了，醉漢在苗栗竹南站下車的時候，一整個清醒得跟什麼一樣。只是那個位置，應該沒人敢去坐了。

我只能，祝妳幸福了。

美好的一天

後來，我們想在陽明山上迎接晨曦，
但冬天的台北總是陰鬱的，所以太陽連個影都沒看見。
「沒陽光沒關係，我們還是能期待這是美好的一天。」廖神學長說。

漸進曲

16

一天晚上，我接到李夜柔的電話，她說她找不到凱聖，打電話他都不接，已經三天了，她很擔心。我一邊安慰她，要她給我一些時間，我聯絡到凱聖再給她回覆。

撥了凱聖的手機，響不到三聲他就接起來了。

「克愚，如果是李夜柔叫你找我的，那你可以掛電話了。百融剛剛也打過了，沒用的。」凱聖說，語氣既堅決卻又疲憊。

「確實是李夜柔叫我找你的，不過你別誤會，我只是問問你是否安全，不是要勸你什麼。」我說。

「放心，我安全得很。」

「喂，大家好兄弟一場，有些問題我就不避諱了。這不用猜也知道你們吵了一大架，原因我不問，我只想知道你這三天是住哪裡？」

「這很重要嗎？」

「當然啊！改天我交女朋友了，如果碰上一樣的狀況，至少我可以參考你們這些前輩在出事的時候是去哪裡躲吧？」

「我在我同學宿舍裡，打地舖。」

「是喔！世上只有同學好，對吧！」

「你也是我同學，可惜你離我太遠，我不方便躲你那邊。」

「是怎樣，跑路還要看路途遠不遠啊？」

「幹！我不是跑路，我是受不了了！」他說。

我了解他的個性，他的自然是面對任何事都很自然，當然也包括他很自然地告訴自己要放在心裡不想被人知道的話……也會很自然地講出來。

凱聖是個脾氣很好的人，跟我相比大概好十倍，跟百融相比大概好百倍，跟政業比大概好兩百倍，至於廖神學長……我們不跟神經病比，就跳過去吧。我相信他會氣到三天不跟女朋友聯絡肯定是事情大條，我也知道跟他哈啦一段時間他自然會把事情原委清清楚楚地交代一遍。

或許你想問，百融也打過電話，為什麼他沒跟百融講？

其實他有講，我敢跟你打包票。

凱聖說，每次他們要一起出門，幾乎都是他從新莊騎著摩托車到淡水去載李夜柔，從大一下學期在一起到現在已經大四，三年的時間都是這樣的溫馨接送情，天氣好如此，天氣糟也如此，還有一次中午才剛過，天黑得像夜晚一樣，結果不只下大雨，還下冰雹，他忍著被冰砸的痛楚，還是從新莊騎到淡水，只因為李夜柔把一件外套忘在他的租屋處，而她隔天急著要穿。

李夜柔生氣，他從沒有跟她翻臉吵架或罵人，他就是靜靜地讓她罵，等她氣消一點再想辦法逗她開心，而且會安慰自己：「她溫柔的時候比生氣多。」

李夜柔心裡難過，他絕對從頭陪到尾，講笑話只是基本款，甚至他做了許多我們覺得很蠢的事，什麼戴面具去買鹹酥雞之類的，目的都只是讓她開心。

他說：「我又不覺得蠢，她開心就好啦！」

我相信凱聖這個人的性格，或許有時候神經大條了點，不會顧及一些細節，但他真的很喜歡李夜柔，他曾經說過一句話：「我不會謝謝老天爺把李夜柔交給我，因為交給我是對的。」

「但……是不是對她太好了？她變得很跋扈啊。」凱聖說。

事情的導火線是，李夜柔的好姊妹的男朋友約打籃球切磋，但凱聖有支氣管氣喘病，所以他拒絕。這時李夜柔當著其他人的面說：「好弱喔，連籃球都不會打。」

或許這是一句玩笑話，但凱聖說，她的表情看起來是一種嫌惡。

李夜柔跟凱聖在一起這麼久，她當然知道他有氣喘。凱聖不明白的是，為什麼她明知道他的不便，卻還在大家面前說他很弱？

之後的某一天，凱聖提早下課，想找她一起吃晚飯。

到了她住處樓下，發現她上了一個男生的車。他騎車尾隨，來到一間陽春小麵店，李夜柔和那個男生一起吃飯，兩人有說有笑，凱聖躲在外面偷看，心中有好多疑問。

那天晚上，他們用電話聊天，李夜柔隻字未提這件事，凱聖也不知道從何問起，他怕問了有什麼後遺症，而且從頭到尾他們也沒有什麼逾矩的行為。

但凱聖心裡難免有了疙瘩。

三天前，她問他：「喂，你要不要考研究所啊？」

「隨緣囉。」他說。這就是標準自然派的人會有的答案。

「隨緣？你竟然說隨緣？林凱聖，你到底有沒有想過自己的未來？怎麼一個男人對未來一點規畫都沒有？」

「妳也知道我很隨遇而安啊，在一起第一天就知道了吧？」

「好，那你至少要回答我你想不想考研究所？還是要先當兵？」

「我好像不用當兵耶，我有氣喘啊。哈哈哈。」

李夜柔這時就爆炸了，「有氣喘需要這麼得意嗎？沒當兵的男人就不是男人！」

講到這裡，凱聖在電話那頭呼了一口好大的氣，我聽得出來，他非常難過。

「有氣喘是我選擇的嗎？有必要把我講得比狗還不如？」

「凱聖，我相信她沒這個意思。我猜她只是想要知道你的想法，想知道你有沒有把她放在你的未來計畫裡。」

「克愚，你不用替她講話。」

「喔！喔！喔！你別誤會，我替她講話沒用，我也不是她的代言人，況且替她講話又沒錢領，我只是不想看你這麼不爽，試著以旁觀者角度分析給你聽而已。」

「這些話百融講過了。」

「是喔！那你覺得有沒有道理？能接受嗎？」

「不能，我覺得她並不尊重我，我不想跟不互相尊重的人在一起。而且她還沒跟我解釋為什麼跟其他男生單獨出去吃飯？」

「那你就去問她啊。」

「我會問，我一定會問！」

「我支持你問，但在問之前，你可以先想一想，如果她真的跟那個男生有什麼的話，她現在何必這麼擔心你，又急著找你呢？順勢分手不是比較快嗎？」

「你的意思是，她只是單純跟朋友吃飯？」

「我不是她，沒辦法斷定什麼，我只能說這可能性比較大。」

「但是她最近真的讓我很難過，這不能否認吧？」

「是的，不能否認，所以我支持你，你應該去跟她談清楚，就算你要分手，也得談一談吧。」

「我沒說要跟她分手啊。」

「是喔！那你想怎樣？」

「我想冷靜一點再去跟她談。」

「談什麼？」

「談那些她不該說的話，談那些她不該有的態度，談那些她不該抱持的觀念，談那個男的到底是誰。」

「是喔！那我覺得你現在就可以去談了。」

「為什麼？」

「因為她現在很急、很擔心你，我相信你現在說的話她聽得進去。」

「如果繼續吵呢？」

「那我就陪你戴著面具去買鹹酥雞。」

「你也要戴？」

「沒問題啊！不過我沒面具，你要借我。」我說。

後來政業也知道了這件事，他說我的同學都很「緊繃」（就是「極致」的意思），什麼事都要撐到最後關頭，幾乎沒有溝通空間了才要處理。我說這也是一種方法，撐到最後關頭之後溝通出來的結果，有時候就會發現最後關頭後面，還有另一個最後關頭。

「就是極限之外，仍有極限的意思。」我說。

「換言之，就是尿很急很急，急到不能再急，但還是要忍，忍到最後會發現膀胱後面還有另一個膀胱的意思？」廖神學長舉一反三。

我忍不住換個方式說明：「你可以繼續白爛，白爛到不能再白爛，但還是繼續白爛，到最後你會發現我的拳頭後面……」

「還有我的拳頭。」政業很有默契地補上我的話。

對了，政業跟那個短髮歌迷好像開始拍拖，兩個人常常講電話講到深夜，政業還會拿吉他對著手機唱歌給她聽，重點是那些歌還沒發表，都是政業剛寫出來熱騰騰的新歌。

當朋友這麼久，我都沒這種福利。

難怪大家都說男人對某個女人產生興趣的時候，眼裡是沒有兄弟跟朋友的。

「那你呢？你會這樣嗎？」丁尹這麼問過我。那天，我們一起上陽明山踏青。

「我不知道耶，應該會喔！」

「你不知道？這是什麼意思？」

「就是我還沒交過女朋友的意思，甚至我好像連女孩子都還沒追過。」

「為什麼是好像？」

「因為我不確定那是不是追啊。」

「所以你有喜歡的女孩子了？」

「那時候啦。」

「所以……已經過去了？」

「是過去了，也該讓它過去了。」

她看著我，抿著嘴唇，「聽你的語氣，好像不太想讓它過去？」

「這當中不存在想不想的問題，它終究要過去的。」

「所以在過去之前，你還是對這個女孩子有懷念。」

「當然有，我曾經很喜歡她，很喜歡她。」

「只是曾經嗎？聽起來像是現在進行式。」

「會嗎？但其實不是啦，已經過去了。」

「真的過去了？」

「是的，過去了。」我轉頭看著她，點點頭。

這天，她偷拍了我放風箏的照片，就是相簿裡的第一張。

她說，她在我身上能看見一些寧靜，像是夜裡掛在天邊的月亮，皎潔而無聲；像是沙灘上拍打著的浪花，規律而協調。

她說我有一種與生俱來帶給人的安全感。

我說，她最好跟廖神學長認識一下，他們好像都有通靈能力。

第二張照片，是我跟她在麥當勞裡吃薯條時拍的。

照片裡的我忙著把番茄醬擠到漢堡紙上，我記得當時我正努力地要做出一坨大便形番茄醬，無奈麥當勞的番茄醬過稀，很容易就塌了。

這天，她無意中發現我的強迫症，因為我折發票的動作太細膩、太過專心，惹了她的好奇。她要求我把口袋裡的發票拿給她看，於是我掏出一疊發票，全都一樣折法，而且整整齊齊，她看了嘖嘖稱奇。

我告訴她，不只是強迫症，我對數字的敏感遠勝過一般人。

我要她用筆在餐盤紙背面寫數字，幾十位數，甚至上百位數都沒關係，讓我看一次就好，我可以背給她聽。

她原本還不信，第一行寫了自己的身分證字號，第二行寫了三個電話號碼相連，第三行寫了五十四個數字。

而我一一地背給她，她嘴巴張得大大的，久久不能回復。

「你能背出圓周率嗎？」她問。

「我就知道妳會問這個，所以我先跟妳說，一九九八年有一篇來自加拿大渥太華的電文，它說有個十五歲的天才少年叫伯希瓦，他用二十五部電腦連線，將圓周率除盡，共計在小數點後第一兆兩千五百億位數。不過我系上教授對此存疑，他說這並沒有獲得證實。而圓周率是有理數還是無理數，我知道有兩種說法，有些人認為圓周率是個無理數，理應除不盡，但有些人覺得圓周率應該是有理數，它會被除盡。」

「克愚，我念的是廣電，不是數學，你能不能說一點我能聽懂的？」

「沒關係，妳不懂也無所謂，這個去菜市場買菜用不到。」

「所以你到底會不會背圓周率？」

「坦白說，這應該背不完，我只記到小數點後的七十九位，記到這裡，我覺得無聊就放棄了。」我說。

從那天開始，她看我的眼神就不一樣了。

喔！凱聖跟李夜柔怎麼了？

後來，凱聖約我一起到新竹找百融，百融說要帶我們去吃好吃的沙茶牛肉火鍋。那天凱聖把所有跟李夜柔在一起之後的委屈全部吐露出來，如果那些話可以量計，那麼應該吐了有兩個超大黑垃圾袋那麼多。

我跟百融靜靜聽完後，研判李夜柔因為凱聖的溫柔呵護而罹患公主病。

不過目前還只是小公主而已，還不到皇后病。病況不重，可以根治，因為她現在很擔心凱聖，電話裡盡是「只要他回來，要我怎樣改都沒關係」的語氣，我們相信她已經檢討過自己的錯誤。

第六天，凱聖跟李夜柔鬧彆扭的第六天，凱聖又使出了大絕招。

呃……就是那個……萬年不變的超爛大絕招。

他跑到李夜柔的住處樓下等了四個小時，當他看到李夜柔回來時，他拿著海報走到她面前，她還沒發現，逕自脫下安全帽跟口罩。

直到李夜柔發現他站在前面，兩人四目相接了好幾秒鐘，我相信那一瞬間，他們應該有全世界只剩下他們兩個人的感覺。

凱聖把海報打開，上面只有一行字：「因為我很愛妳，所以我原諒妳。」

好啦，我承認，這次真的算是大絕招。

嗯，是的。百融也這麼說。

對了，那個男的，是李夜柔在美國留學兩年剛回國的哥哥……

我不會謝謝老天爺把誰交給我，因為把誰交給我，都是對的。

17

第三張照片是直的，天燈在照片的左上角，我的身體佔滿了照片右邊。

在台北念書念了四年，還是第一次到平溪放天燈。

之前凱聖跟政業都約過我好多次，但因為路途遙遠，我都以梗梗可能會半路歸西為由拒絕，而丁尹只是在電話那頭說：「我們去放天燈吧。」我就不管梗梗的死活了。

果然，男人對某個女人產生興趣的時候，眼裡是沒有兄弟跟朋友的。

這天我才真正地、仔細地、非常清楚地看見丁尹的樣子。

我的意思是說，她散發著一種理性的美。

如果你要我用分數○到一百來給我所遇到的女孩子評分，那麼分數從高到低，依序是顏芝如九十五分，我姊九十分，王君儀八十五分，李夜柔八十分，百融的學伴和政業的短髮歌迷七十五分，廖神學長皮夾裡那張已經被夾爛的雷夢娜照片三十分。

這只是純依外表來評分，而標準是我的審美觀。

這種評分的事情男生一天到晚都在幹，我身邊最喜歡評分的人有兩個，一個是廖神，你一定覺得很正常。這時你就會猜另一個一定是凱聖，但很抱歉，答案錯誤，因為另一個是政業。

凱聖對評分這件事沒啥興趣，而百融的評分標準被公認有很大的問題。

凱聖見過顏芝如，他說顏芝如很漂亮。我問他幾分，他說我愛李夜柔。

百融也見過顏芝如，他說顏芝如很美。我問他幾分，他說大概跟楊麗花差不多漂亮。

「楊麗花？你是說唱歌仔戲的楊麗花？」我不可置信。

「對啊。小時候看她唱戲，奶奶跟我說她是女的，我覺得好美。」百融說。

政業說我姊跟顏芝如相比，我姊大勝。顏芝如跟王君儀相比，兩者相當。後來短髮歌迷走到我們旁邊，他表情立變：「你為什麼可以問我這種膚淺的問題？以貌取人，不可取也！」

短髮歌迷問：「你們在聊什麼不可取也？」

政業搶著回答：「克愚問我陳水扁的老婆吳淑珍年輕的時候是不是正妹，妳看，這問題是不是很不可取？」

媽的……

至於廖神學長的評分，他說雷夢娜至少有三萬分，你還想聽下去嗎？

這時你會發現，名單裡沒有丁尹。

因為丁尹並不是漂亮的類型，也不是氣質出眾的類型，或許我在地球上活得還不夠久，或是見的女孩子不夠多，我沒辦法將她歸類。

從她的頭髮挑染深桃紅色，到她習慣背著相機四處走，她都超越了我對一般女孩子的理解範圍。她說話很輕，但抑揚頓挫很清楚；她的眼睛大大的，但看著看著，會感覺很溫暖。

放天燈那天，我們一共買了三個天燈，原因無它，因為我笨手笨腳燒掉兩個，差點連自己的眉毛也燒了。丁尹像是個旁觀者，一個外地來的觀光客，她在一旁看著我弄天燈，像是在觀察史前未進化的人類怎麼發現火。

賣天燈的阿婆看不下去，跑過來幫忙，第三個天燈終於升空，周圍響起我一個人的掌聲。丁尹拿起相機，像平常一樣，她只是拍照，收集她看見的人間。

在我再三的要求下，丁尹在天燈上寫了她的心願：「願能得而不失。」

我說，妳這要求太過分了，世間真理是有得必有失，所有事情都有相對面，怎能得而不失。

「打從心裡不計較失，不看見失，不在乎失，就沒有失了。」

我一頭霧水，「這是……在闡揚佛法嗎？」

「呵呵！」她笑了起來，「不是啦，這是給自己的勉勵。」

「這勉勵也太難達成。」

「所以才要勉勵啊。」她說。

「丁尹，妳在害怕失去什麼嗎？」

「我應該這麼說，比起害怕失去，我更珍惜獲得。」

「獲得什麼？」

「什麼都有。從小我爸就這樣教育我，不要去期待你會獲得什麼，或是貪圖你想獲得什麼，而是要珍惜你眼前擁有的。」

「類似……學會滿足？」

「嗯，」她點點頭，「所以我爸爸教我攝影，他希望我能把看見的一切用相機記錄下來，因為當我按下快門的時候，我得到的不僅僅是一張照片，也得到了照片裡那個人或物的當下。」

「聽起來，妳爸爸對妳有很大的影響。」

「是的，只可惜他並沒有陪我太久。五年前他生病過世了。」

「很遺憾聽到妳這麼說，但我們有類似的人生，我爸爸也過世了。」

「克愚，你會想念他嗎？」

「嗯，很常。妳呢？」

她指著胸前的相機，「你看，背著相機到處走是我爸的習慣，他過世之後，竟默化成我的習慣，由此可知……」

「妳總是想念他。」我接續了她沒說完的話語。

她靜靜地看著我，像是要把我看透一樣。

我被她看得有點不好意思，轉頭走了兩步，「走吧，我們去買冰棒吃。」

走到附近的小店鋪，我在臥式冰箱前看了許久，牛奶、酸梅、芒果這三個口味，我一時間做不出選擇，丁尹都挑好一支花生口味吃起來了，我還站在那裡猶豫不決。

後來我選了酸梅，付過錢之後，包裝還沒打開，我又轉頭看了一下芒果。

丁尹不高，應該不到一百六十公分，瘦瘦小小的，所以梗梗載起她來不算吃力。我們從平溪回台北的路上經過深坑，聞到很臭又很香的臭豆腐的味道，我的肚子不自覺地叫了一下。

我轉頭，指著臭豆腐攤問她，「食否？」

她看了看攤位，皺了眉頭，「不覺臭乎？」

我搖頭，「人間美味。」

「否，汝可獨食。」她說，說完就自動下車了。

我從沒來過深坑，台中人也沒吃過用兩根竹籤插著的臭豆腐，看見好多種口味，我又開始猶豫。

「泡菜、辣菜、嫩薑，妳會選哪個？」我拍拍丁尹的肩膀，希望她給我一點意見。

「要不，都加？」

「都加很怪吧？」

「要不，原味？」

「原味會不會夠嗆？」

「好吧，那我會選辣菜。」她說。

「謝謝妳的建議，我還是買泡菜好了。那……我買個辣菜給妳？」

「呃……要嗎？」

「妳沒吃過臭豆腐嗎？」

「有，但經驗與過程都不太好。」

「哈哈！忘了那些失去，珍惜妳眼前擁有的。」我指著臭豆腐說。

「趙克愚，你很壞喔。」她說。

我們站在老街入口的大樹下努力啃著臭豆腐，不，應該說只有我努力啃著。她吃了兩口之後，索性把鋪在豆腐上面的辣菜全都吃光了，然後把臭豆腐拿給我，「你買的，你負責吃完。」她說。

我一個人啃了兩根臭豆腐，再加上平溪的一根冰棒，以下午茶來說，攝取的熱量應該已經超標了。

騎上梗梗，我打了一個飽嗝。她打了我背一下，說我沒衛生。

從深坑騎到士林距離不近，最快也要騎個四、五十分鐘。不知道她是前一天沒睡好還是長期睡眠不足的關係，她靠在我的背上睡著了。

到了她住的地方，我叫醒她，她把安全帽交給我，這時政業打了通電話給我，我說了聲拜拜便騎著梗梗離開。

政業在電話裡說，廖神學長把自己關在房間裡，而且傳出陣陣哭號。房門打不開，叫門又不應，他要我趕緊回去看看。

衝回公寓，我看見政業站在廖神學長房門前，房門已開，但只開了一個十公分左右的小縫。我湊上去，看見廖神學長一臉倦容，睫毛全濕，雙眼通紅腫脹，鼻孔下方還掛著兩條鼻涕，可見他剛剛哭得有多慘。

「我沒事，你們讓我靜一靜。」廖神學長說。

我們從沒見過他這樣，一向白爛又有點瘋癲的人怎麼突然會這樣，我跟政業都嚇得不知所措，但心裡知道不能再讓他一個人關在房間裡。

「靜一靜沒問題，我們到客廳來靜，政業泡茶請你喝。」我說。

政業跟我極有默契，「對！我去泡茶，你來客廳靜，我們不吵你，不說話，只喝茶。」

廖神學長思考了一會兒，走出房門，像個行屍走肉。

政業泡好茶，替我們三個人都斟滿了杯，「學長，先喝口茶再慢慢靜。」政業說。

這天，我們陪廖神在客廳裡靜了兩個小時，兩個小時裡一句話都沒說，偶爾只有對面鄰居家裡那頭博美狗吠了幾聲。

兩小時後，政業要去 Pub 表演，聽說經紀人晚上要安排他們上電台節目，所以他必須先離開。他交代我把茶泡好，把學長顧好。

「放心，我沒事的。」廖神學長終於打破沉默。

「學長，你怎麼了？發生什麼事？要不要說一說？」

「沒什麼。只是我女朋友劈腿而已。」

「呃……」

「劈腿，好多人在劈，她又不是第一個，對吧。」

「學長，你問清楚了，確定她劈腿嗎？」

他轉頭看著我，本來好不容易才平靜了些，我一問，他又開始痛哭起來，「我都親眼看到了……幹嘛還用問？」

廖神學長一共花了至少四個月的時間才慢慢回復他原有的白爛性格，那四個月裡，他學會了喝酒抽菸，還吸過大麻。

我記得他有天晚上坐在客廳，用他的筆電上網，在為他的研究所畢業論文做最後努力。

他的手機放在房間，響了至少有十分鐘，他不接就是不接。

我看不下去，替他把手機拿出來，「就算要逃避也應該是她逃避你，不是你逃避她。她都敢打，你為什麼不敢接？」我說。

他看著我，至少看了十秒，眼神從迷惘到堅定，拿過手機，按下通話鍵，他連「喂」都沒說，四周安靜得連根針掉地上都聽得見。

我聽見話筒那頭雷夢娜哭求著原諒，廖神學長深呼吸一口氣，對她說出那通電話的第一句，也是他這輩子最後一句跟雷夢娜說的話。

「幹你娘妳去吃屎吧！」

那天晚上，很晚了。

廖神學長拉著我到他房間，要我幫他拿些東西。

然後我們下樓，我跟著他走到巷尾一塊小空地上，我手上的東西是易經、紫微斗數、姓名學等所有算命相關的書籍，至少有二十幾本。他手上的是幾件衣服跟一本看起來像是日記的東西。

一把火，全燒了。

廖神學長說：「六年的感情，再見。」說完，他打開皮夾，把裡面那張雷夢娜的照片也丟進火裡，照片立刻捲曲起來，像是他們之間的感情有過掙扎，最後還是化成灰燼。

這時，我想起丁尹說的：「珍惜眼前擁有的。」

好簡單的七個字，做到，好難。

相簿裡的第四張照片，是我騎車從她住處樓下離開的背影。

漸進曲

我問她為什麼要拍這張照片，她說：「就算是離去的背影，我也會珍惜。」

就算你終究會離去，我也會珍惜。

廖神在寒假前拿到了研究所的學位，他說失去一個女朋友，多出來時間準備論文跟念書，拿回一個學位，感覺還不算太虧。

我以為他立刻就要回家去，然後當兵，然後出社會，重新開始他的人生。

但他選擇留在台北，他說他有個學姊在經營補習班，剛好缺一個教高中數學的老師，問他有沒有興趣。

「就去教吧，教到兵單來再說。」他說。

為了慶祝他研究所順利畢業，我在錢櫃開了一個不醉不歸party。

我發了一封用手機群組送出的簡訊，收訊人有政業、凱聖、百融、君儀，還有丁尹。

內容是這樣的：「為恭喜我們偉大的廖神拿到碩士學位，明晚九點在台北敦化錢櫃設宴，歡迎攜家帶眷，不醉不歸。請搭車前來，避免酒後駕車。請自備解酒工具，避免醉後醜態。」

沒幾分鐘我就收到回覆。

君儀說：「我從台南到台北去唱歌會不會太遠？」

我回：「一切看誠意。」

君儀：「交友不慎。」

百融說：「我不認識他，但我願意為了喝酒捨命相陪。」

我回：「來多認識朋友很好，記得帶學伴。」

百融回：「你想替我學伴評分就直說。」

政業說：「哇靠！我表演完晚點到可以嗎？」

我回：「不准遲到，除非吉他帶來，現場演奏以謝罪。」

凱聖說：「是你常提到的那個神經病嗎？」

我回：「是的。」

他立刻回傳：「幹！神經病也能拿碩士？」

丁尹沒有回覆，我想她可能有事，本想打通電話過去問問，但心想或許她不認識廖神，整個包廂也只認識我一個，可能會覺得無聊或不好意思，她有她的考量，電話我也就沒撥出。

那晚，除了我跟廖神之外，其他人還真的都攜家帶眷。

最早到的是我，大概五分鐘後廖神學長也到了。我們才剛叫了兩箱啤酒跟一些小吃，百融手牽著學伴走進來，我引介之後，舉杯想跟學伴喝一杯認識一下，百融說：「喔！克愚，你有所不知啊！千萬別讓她喝酒！」

說到這裡，學伴摀住他的嘴巴：「哎呀你不要講！」

百融掙脫她的手：「什麼不要說，這一定要說，不然後果不堪設想。」百融說，上次他學校辦舞會活動，學伴不知道什麼時候喝開的，整個人跟瘋子一樣，在跳慢舞的時候大叫，還一邊跳勁舞，只差沒地板動作。

學伴好像在生氣他還沒介紹就掀她的底，後來百融自罰三杯謝罪，學伴才笑了出來。

我這晚才知道學伴的名字叫沈宇婷。

接著凱聖牽著李夜柔的手走進包廂，好久不見，她的頭髮長了，還貼了假睫毛，一直跟在凱聖旁邊，像隻溫馴的小貓。凱聖一進包廂，連招呼都還沒打就說：「我太早來了，罰三杯。」然後就咕嚕咕嚕連喝三杯。李夜柔小心翼翼地問他：「那我要喝嗎？」

「當然要，而且要喝交杯，還要親嘴。」百融說。話才說完，他突然意識到這個洞挖錯對象了。

凱聖自然派，根本沒在怕。交杯喝完一把拉過李夜柔就猛吻起來，我只看到李夜柔的臉瞬間變紅，耳根甚至還紅到發亮。親完凱聖馬上轉頭看著百融：「我表演完了，換你。」

百融這個人我了解，凱聖也了解。他很正直、富正義感，但同時也愛面子，從他多次投稿校刊被退稿就知道他覺得這不太光彩，氣不過，所以才會發生週會嗆聲事件。

他這個人經不起激，凱聖偏偏激他：「敢親，才是男人！你不敢，我等等買裙子送你！」然後沈宇婷就遭殃了。

百融親得比凱聖久，還比凱聖猛，久到凱聖拿起手錶計時，至少超過三十秒鐘。

我猜下次這兩個女生應該不敢再跟我們出來玩了。

一個小時後，君儀才氣喘吁吁地趕到。

我才正要介紹她給兩個女孩子認識，發現她後頭跟了一個男生，長得很高很斯文，戴著眼鏡，面帶微笑。

經過介紹之後，我才知道那是她學長，之前休學一年，現在回來變成同學。

我把君儀拉到一邊，「是男朋友？」她皺著眉頭嘖了一聲，「不是，是學長。」

「是快變男朋友的學長？」

「不是，只是學長。」

「是喔！這麼單純？」

「當然單純。」

「都跟妳上台北了還單純？」

「你不要亂想，他是台北人，只是陪我來一會兒，順便回家。」

「這麼順便啊？」

「就是這麼順便。」

「那……妳對他……有 fu？」

「趙克愚，我命令你，今天晚上不要討論這個！」

「是！娘娘！那要討論哪個？」

「我肚子餓了，叫點吃的來吧，小愚子。」

「喳。」

政業在快一點的時候才趕到，身邊跟著的是短髮歌迷。

那時廖神學長已經醉了，他被大家輪流敬了好幾輪，十一點左右就躺在椅子上睡到打呼。百融跟凱聖聊開了，不斷在爭論高中時他們兩個哪一個比較帥，後來把我叫去評理，得到了「趙克愚比較帥」的結論。因為這個結論，我莫名其妙被罰三杯。「幹！比較帥不行嗎？為什麼要罰三杯？」說著說著，我也莫名其妙喝下去了。

政業跟君儀這晚似乎有講不完的話一樣，不知道是什麼原因，讓他們好像話搭上了就沒完沒了。君儀很驚訝政業的改變，她覺得他整個人散發出一種不一樣的氣息，「像是明天就要一飛沖天的巨星。」她說。

當然，這有點誇張，我猜她也喝不少，講話開始不真實。

而政業覺得君儀完全變了一個人，他說大一時感覺她憨憨的，除了傻笑還是傻笑，現在除了胸圍還是很……令人敬佩之外，完全變成一個會打扮自己，還去燙了頭髮的正妹。「像是明天就要嫁出去的女人。」他說。

說完，他看了旁邊她的學長一眼，「這該不會是……」

君儀立刻打斷他的話，「別誤會，他只是學長。」

這時學長自動拿起酒杯，「我目前還是她學長，以後不一定。」他說。

君儀聽了有點愣住，我是不覺得意外，政業的反應是哈哈大笑：「王君儀不是你想得那麼簡單的，學長。」說完，他把手中酒杯裡的酒一飲而盡。

這晚令我比較驚訝的是沈宇婷跟李夜柔，她們像是失散多年的姊妹終於相認了一樣，整個晚上沒點半首歌，兩個人一直聊一直聊，邊聊還不忘邊喝酒，後來李夜柔先踩煞車，她說她有點頭暈，不能再喝，再喝就吐了。反而是百融說不能碰酒的沈宇婷跑來問我：「能不能再來一箱？」

那天晚上離開錢櫃已經是凌晨三點多，凱聖跟百融還在誰比較帥的話題上跳針，而廖神學長酒醒之後說還想再喝，於是一行人全到我們公寓續攤。

除了君儀。

君儀說她要去搭夜車回台南，明天下午要上課，今天真的算是捨命陪瘋子。她學長在兩點多的時候先離開了，我們一致相信他的目標是君儀。

君儀說，看緣分吧。現在不是討論要不要談戀愛的時候，是快點把她送去搭車的時候。

他們一行人分搭兩部計程車往公寓，我跟君儀上了另一部車往客運車站。跟司機講了地點，她很快地靠在我的肩膀上，「借我靠一下，克愚。」她說。

「有點暈嗎？」我問。

「還滿暈的。」

「一個人回台南搭車沒問題嗎？」

「沒問題啦。」

「那妳要小心自己的包包，別睡到被偷了都不知道。」

「嗯……好。」

「也要先把包包拉鍊拉起來，我看一堆女孩子包包拉鍊都不拉的。」

「嗯……好。」

「上車前先買瓶水喝一下，應該有助醒酒，至少稀釋肚子裡的酒精量。」

「嗯……好。」

「路上有什麼意外，隨時打給我喔。」

「嗯……好。」

「妳一直嗯好嗯好，是有沒有聽進去？」

這時她抬起靠在我肩上的頭，看著我，微笑著說，「你是個很體貼的男孩子，克愚。」

「還好吧。」

「我是說真的……」

「喔，好，真的就真的。」

「難怪我喜歡過你。」

「好啦好啦，我也喜歡妳。」我相信她在說醉話，也或許她在說朋友間的喜歡。

「我是說，真的喜歡你……」

「嗯，好。」

「你不相信，對不對？」

「不會啦，我相信，我相信。」

「你可以去看看我的名片檔就知道。」

「嗯，好。」

「要看喔。」

「嗯，好。」

「你一直嗯好嗯好，是有沒有在聽？」

「有啦，我有在聽。」說完，我笑了。

目送君儀上車之後，我搭車回到公寓，除了男生之外，其他女生全都躺平了。短髮歌迷在政業房間，沈宇婷跟李夜柔分別借宿在我跟廖神學長的房間裡。

電視開著，但沒人在看，桌上杯盤狼藉的，躺著又十幾瓶啤酒屍體。

這時政業說：「我跟團員愈來愈不信任我們的經紀人，我們的通告很少就算了，連一開始講好要替我們談的發唱片，到現在都沒個影。」

「我還不是一樣，一直以來我都在努力投稿報紙副刊，已經刊出十一篇了，一個主編打電話跟我說要替我介紹出版社出書，還不是沒個影。」百融說。

這時，廖神學長搭腔了，「人生就是這樣啦。我研究算命多年，算的跟發生的有幾件相符？到頭來還不是每天早上滿嘴牙膏泡沫地看著鏡子裡的自己，期待今天會是美好的一天。人生說穿了不就是這樣？」

我本來想說點安慰他們的話，這時凱聖說了一句：「因為台北是個爛地方。」

說完，瞬間安靜了五秒，「什麼意思？」百融問。

這時，我突然有種奇怪的預感，下一秒這預感立刻得到證實。

「因為台北跟我們不合，所以我們應該要去飛踢台北。」凱聖號召著。

這晚，我們五個人騎著三部摩托車，天還沒亮的五點多，冷風陣陣，冬天的清晨氣溫很低。

我們到了陽明山，在文化大學後面看夜景的地方，自封「飛踢台北隊長」的凱聖看著山下那片五光十色，用發號施令的語氣說：「戰友們，下面整片都是台北，要怎麼踢，隨便！」說完，他拿出支氣管擴張劑用力吸了幾下，隊長氣勢瞬間弱了九〇%。

或許是酒精還沒退，五個大男生發了瘋一樣地助跑飛踢，廖神學長還因為肢體不協調摔倒，差點滾下山。

後來，我們想在陽明山上迎接晨曦，但冬天的台北總是陰鬱的，所以太陽連個影都沒看見。

「沒陽光沒關係，我們還是能期待這是美好的一天。」廖神學長說。

美好的……一天？

是的，那是美好的一天。

我們回到公寓，因為一夜沒睡，大家都累到被周公秒殺。我裹著睡袋躺在客廳地板上，沙發上的廖神學長沒十秒鐘就鼾聲大作。

睡到中午，我的電話響起，是丁尹打來的。

她說手機壞了，送修兩天，剛剛拿回來才看到我的訊息，「很可惜我沒跟到昨晚的party。」她說。

大家都還在睡，我盥洗之後靜靜地出門，丁尹約我一起吃中飯，說她朋友給了她兩張電影招待券，使用日期只到今天。

我們選了一部恐怖片，事實上，應該說是她選了恐怖片，而我不好意思拒絕。我知道這種片一向「鬼臉不是重點，音效才是嚇人」，所以我在關鍵時刻都用手指頭塞住耳朵，我實在不喜歡被嚇到的感覺。

可能是小時候被我哥惡作劇嚇過很多次的後遺症，而我永遠記得第一次。

當時我小學三年級，我姊早入學一年，所以她已經小六，我哥國二。那天我爸加班，我媽回外婆家，我哥跟我姊說要出門去買便當，要我在家裡乖乖地等，他們馬上回來。

小時候住的房子是四層樓的舊式透天厝，一樓是車庫跟倉庫，二樓是客廳跟爸媽房間。我記得我在客廳看電視，沒多久就聽到有人在叫我：「趙克愚！」那聲音小小的，但很急促。我回頭，沒看見人，以為自己聽錯，轉過頭繼續看電視，那聲音又傳來，我覺得奇怪，走到樓梯旁四處張望，還是沒看見人。這時聲音從樓下傳來，還是又短又急，而且我非常確定是在叫我的名字，我回了一聲：「是誰叫我？」但沒人回應。

我走下樓，樓下沒開燈，暗暗的，我摸黑在牆壁上找開關，電燈打開，眼前是我爸的舊福特跟兩部腳踏車，還是沒人。結果我一回頭，我哥就站在我後面大叫一聲：「哇！」

我嚇到閃尿，喔不！不只是閃尿而已，是整個尿失禁，一個倒U字形的尿痕掛在我的褲子上，我呆在原地發抖，沒幾秒鐘就哭了，是大哭特哭那種。

幾分鐘後我爸回來了，我姊跟在後面。我爸很擔心地問我發生什麼事，我姊知道我哥在惡作劇，便當都還沒放下就衝著我哥說：「趙克民，你完了。」

我哥被我爸罰跪著吃飯，我爸一邊罵他，他一邊頂嘴：「我跟弟弟鬧著玩的，怎麼知道他這麼膽小？」

接著我姊也被罵：「趙克蓉，妳明知道哥哥要耍弟弟，妳為什麼不阻止他？」

我姊說：「那是他們的恩怨，跟我無關。」

後來我多次嘗試要報仇，但不知道是我技術太差還是我哥膽子真的很大，我嚇他從來沒成功過，他嚇我卻易如反掌。

一直到前幾天，我哥傳了一封簡訊給我：「弟啊，我要結婚了。」

我回他：「別想再嚇我了，我被你從小嚇到大。」

這次他不是嚇我的，我卻真的被嚇到了。還好，這次沒有尿失禁。

他跟女友交往了五年半，前些日子求婚成功，兩個人預計一起存錢到一個目標之後就辦婚禮，時間大概是一年後。

我媽說她也嚇一跳，才看過我哥女朋友兩次，沒想到這麼快家裡就要多個媳婦。我跟我媽說，我連一次都沒看過，就要多個大嫂，我才真的算是被嚇到。

我不搭腔還好，一搭腔整個焦點就集中到我身上。

我哥決定要結婚了，我姊也有一個交往一年半的新男朋友，她之所以強調是「新」的，原因是她跟他在一起一年半，還三不五時從他身上發現一些感覺很新鮮的特別，不管是觀念、想法、做事態度等等。

「我不知道他會新多久，但交往一年半以來，我一直覺得他很新。」我姊說。

她不裝酷我還真有點不習慣。

這時我媽問我：「現在就剩下你了，克愚，你都要大學畢業了，還沒交過女朋友，媽很擔心。」

我哥接口說：「弟啊，你追不到女孩子可以問我，我教你幾招。」

「不用了，謝謝。」我揮揮手表示拒絕。

「克愚，有喜歡的女孩子，帶回來給媽看，媽煮些好吃的請她吃。」

「媽，妳不要急，我才幾歲，時間還沒到啊。」

「我沒要你結婚啊，我只是想先看看你的眼光怎麼樣而已啊。」

我才剛想說話，我姊就搶先說：「媽，妳不用擔心，他眼光好壞都不是重點，我覺得他以後相親就好，反正他喜歡的女生都追不到。」

是啊，好像真的是這樣耶。

我喜歡君儀，政業要追，我退讓，失敗。

我喜歡顏芝如，都開始要追了，結果人家跟前男友復合，失敗。

現在出現丁尹，約會了很多次，卻連一點進展都沒有，沒意外的話，還是會失敗。

那下一個是誰呢？她又會怎麼出現呢？

有時候，我在一個人騎車、走路或是陷入思考時，會想到這個問題。

說不定是電影院的售票小姐？我看著眼前的售票小姐，心裡這麼想著，嘴裡也下意識地說了出來：「是妳嗎？」

正拿著招待券換票的丁尹轉頭看我：「什麼？」

售票小姐也抬頭看我，而且正好跟我四目相接，「先生，是我什麼？」

「喔！沒有啦，我剛剛是在說『斯哩嘛些』啦，最近日劇看太多，哈哈。」我說，當下我真佩服我的反應，竟然能快成這樣。

「那你日劇看得不夠多，真正的唸法是『斯咪嘛些』。」丁尹說。

「是喔，哇哈哈。」這時我也只能乾笑。

看電影的時候，因為恐怖片實在不是我的菜，所以我不專心的時間比專心的時間長。偶爾偷瞄一下隔壁觀眾的反應，偶爾看一下前面的情侶在偷偷接吻，然後我悄悄地轉頭用眼角餘光偷看丁尹，發現她的鼻子很挺，而且睫毛很長。

「是妳嗎？」這三個字又從心裡浮出來，還好，這次沒有脫口而出，不然可不是斯咪嘛些能解釋的了。

哪有人看電影看到一半講斯咪嘛些的？

散場後，我們走在人行道上，天空飄著很細很細的雨，台北冬天濕冷的天氣永遠一個樣。

丁尹問，剛剛我一直不專心看電影，是不是有心事？

「什麼？這樣妳都能發現？」

「我想是你的不專心太明顯。」

「是喔！那我得要好好練習才行。」

「練習不專心？」

「練習不被妳發現。」

「克愚，這很難的，一個人坐在你旁邊動來動去，你怎會不發現？」

「真不好意思，有沒有影響妳看電影的心情？」

「這倒還好，不過也因為你不專心，我少被這部片嚇了幾次，還得謝謝你。」

「少被嚇幾次就失去看恐怖片的意義了。」

「其實我對恐怖片是既期待又怕受傷害，喜歡看又怕被嚇到。」

「跟感情一樣，很多人期待談戀愛，又怕被嚇跑。」

「或是把人嚇跑？」

「哈哈，對啊，但被嚇跑跟把人嚇跑的結果都一樣，就是繼續單身。」

「克愚，你不會把我嚇跑的。」

「咦？」我轉頭看著她，抓著頭皮問：「這話是什麼意思？」

「好話不說第二次，斯咪嘛些。」她說。

然後，我們走到梗梗停放的騎樓，雨突然變得有點大。

照慣例，我車上依然只有一件保證淋濕牌塑膠袋，而且還破了個大洞。

但這次運氣比較好，騎樓左方大概五十公尺就有一間便利商店。我跟丁尹說我去買兩件雨衣，要她等我一會兒。

「不用了，克愚。」她拉住我，「我們也沒什麼急事，就一起坐在梗梗上面等雨停吧。」

接下來，除了來往的人車喧囂、雨打在馬路上的淅瀝聲之外，我們之間沒有其他聲音，誰也沒有說話。她坐在車上，我靠在後座，彷彿在台北這座高樓林立的城市中，我們找到一片小屋簷，心裡平平靜靜的，不用說話，像是在等待什麼。

「大一的時候，我跟我同學也在一個騎樓下躲雨，跟現在差不多，她坐著，我靠著，玩著假裝搭訕的遊戲打發時間。」忽然想起類似的情景，我開口打破沉默。

「假裝搭訕的遊戲？」

「對啊，很無聊吧？」

「不會啊，我們也來玩玩看。」

「確定？可是我很不會搭訕，上次被我同學從頭嫌到尾。」

「沒關係，讓我看看你有多不會搭訕。」

「那我開始囉。」

「好。」

我乾咳了兩聲，心裡不知道為什麼竟有點緊張。

漸進曲

「小姐，一個人啊？躲雨嗎？」我說。

「嗯，對啊。」

「真巧，我也在躲雨。」

「是嗎？那一起躲吧。」

「不知道這場雨會下多久耶。」

「看你希望它下多久囉。」

「我希望它快點停啊，躲雨很無聊的。」

「不會啊，有人跟我說話就不會。」

「是喔！看樣子我多了一個躲雨陪人說話的新功能呢。」

「你的功能只有這樣嗎？」

「喔！我的功能不多啦，會的也很少，就普普通通囉。」

「我倒覺得你的功能滿多的，像是數字方面。」

「小姐，我們才第一次見面，妳怎麼知道我有數字方面的功能？」

「因為我會算命啊。」

「喔！我有個學長也很會算命，不過他已經收山不再碰命理了。」

「為什麼？」

「因為他失戀了，哈哈哈。」

「克愚，人家失戀是很難過的事，你不可以笑別人。」

「小姐，我們現在在玩假裝搭訕的遊戲，妳不知道我的名字的。」

「好吧，算是我的失誤。」

「沒關係啦，失誤無所謂，就第一次玩搭訕遊戲來說，妳算是很能聊的了。」

「真的嗎？克愚，你真是不嫌棄。」

「妳說錯囉，我這麼弱，搭訕內容又無聊，是妳不嫌棄才對。」

「如果是別人來搭訕，我一句話也不會說。」

「是喔！妳以前被搭訕都沒說話？」

「如果是你的話，我就會說話了。」

「咦？這是什麼意思？」

「好話不說第二次，斯咪嘛些。」說完，她笑了起來。

雨勢突然間轉小，厚重的雲層破了一個洞，一道光束灑了下來，那畫面像是有神要降臨一樣。

丁尹說她想去誠品書店逛逛，我樂意奉陪。

才剛騎上機車，引擎都還沒發動，我的手機傳來收到訊息的聲音。

看完訊息，我向丁尹說聲抱歉，誠品可能必須改天再陪她去了。

把丁尹載回她的住處，一路上我們都沒說話。我一直在想著那封簡訊的內容，心裡有強烈不安的感覺。

從她的眼神裡，我看見一些失望，我是說丁尹。

她把安全帽拿給我的時候，似乎想說些什麼，但隨即遞補上來的表情是一抹勉強的微笑，「快去吧，你朋友可能有急事呢。」她說。

「丁尹，我很抱歉，突然臨時……」

「沒關係，快去。」她撫著我的肩膀說。

廖神學長說得對，就算沒太陽，就算正下著雨，我們都可以期待它是美好的一天。

那天，真的是美好的一天，對我跟丁尹來說。

我是說，如果沒有這封簡訊的話。

那封訊息的內容只有一句話，「克愚，我需要你的幫忙，好嗎？」

發件人姓名：顏芝如。

以我從家裡搬到學校宿舍，再從學校宿舍搬到公寓的經驗來看，大部分的男生行李似乎只需要兩個行李箱就可以打包乾淨了。行李箱裡當然裝了所有的東西，甚至包括鞋子、書、所有的報告跟自己的筆記型電腦。

而女生就不一樣了。

我沒幫女生搬過家，我不知道這過程竟是如此複雜，搞得像是雨林大災難後的動物大遷徙，但明明遷徙的就只有一個人。

凱聖說他幫李夜柔搬家三次，每次都會花上兩天的時間。第一天是把所有的東西裝箱，第二天才是搬運和歸位。他也很難想像一個大學女生為什麼可以有這麼多東西。

「大部分都是衣服跟鞋子。」他說。

「是的，沒錯！」我點頭稱是。

「而且箱子通常都塞到滿出來。」

「是的，沒錯！」

「最恐怖的是，她們好像很喜歡搬家，每次租約都只簽一年，一年後就要再換地方。」

「真的嗎？」

「真的啊，她們好像很喜歡換房子住的新鮮感。」

「會不會是不喜歡大掃除，所以乾脆搬家？」

「大掃除跟搬家的麻煩程度相比，我選大掃除。」

「我也是。」

為什麼選大掃除？

因為搬家後要把房子還給房東，還是要來一次大掃除啊！

那天顏芝如跟我約在一個陌生的地方，我沒去過，那是她男朋友的房子。

見到她的時候，她依然亮麗，而且戴著墨鏡，脖子上圍著圍巾，黑色毛衣顯得她的身材更纖長。

我把梗梗停好之後，看見小藍從屋子裡走出來站到她旁邊，「嗨！克愚，好久不見。」她說。我點頭對她笑了笑，「對啊，好久不見。」

「我之前常聽芝如講起你。」

「是喔！會不會都是難聽話？」

「不是喔，她說你是個很好的男生。」

「真的嗎？」我看了一旁的顏芝如一眼，「那她真是不嫌棄。」

「你這麼優秀，她怎麼會嫌棄你。」

「喔！夠了夠了，別再誇我了。今天找我來是？」

「想要麻煩你幫點忙，幫芝如搬家，我們兩個女生實在力氣有限，加上東西不算太多，請搬家公司來很貴。」

「幫忙沒問題，但我只有摩托車耶。」

「別擔心，我們有跟朋友借車。」

「是喔！那就沒問題，所以要我把東西搬出來，是嗎？」

「是，我們一起進去搬吧。」小藍說。

一直到這時候，顏芝如都沒說半句話，只對我微微一笑。

我看不透她的墨鏡，不知道她的眼神想傳達出什麼訊息，或是正在傳達什麼訊息。

我只能說，她男朋友應該是個有背景的律師，因為那個家有點高級，光看房子外表跟地段，就知道房價可觀，一進到裡面更是大開眼界，我想是我見識淺薄，像劉姥姥逛大觀園一樣，光是門鎖上有數字按鈕我就整個很吃驚。

門一開，我連話都說不出來，那大概只能在裝潢雜誌上看見的房子，現在就真實地擺在我面前，裝潢很美就不用說了，連放在櫥櫃裡的酒看起來都有點貴……喔不，應該是很貴。

不過那櫥櫃的玻璃是破的就是了，感覺櫃上的酒應該也不只那三、四瓶而已，本來應該更多。

顏芝如的東西就如小藍說的，不算太多，大概就十八箱而已……上面標示著鞋子、書、日用品、衣服等等，光衣服就已經九箱。

她們借到的車子是一部商貨兩用車，車門上還有公司的名字，把那十八箱放上去剛好整個塞滿，坐在副駕駛座的人還得抱一箱。

她們問我會不會開車，我搖搖頭。於是小藍跳上駕駛座，顏芝如坐到副駕駛座，我覺得她抱著一箱東西可能不好坐，所以把那箱東西放到梗梗上載著。

一直到這時，顏芝如還是沒對我說一句話。

目的地到了，小藍說那是她家。準確地說，那是她跟她男朋友的家。那一樣是一排公寓，沒電梯，樓高五樓。屋子小小的，兩個房間，沒什麼裝潢，不過感覺很溫暖。小藍說，顏芝如要在她那兒將就一陣子，等畢業後就要回老家了。

我這才想到，我從不知道顏芝如是哪裡人。但這時候好像不太方便問，因為從到小藍家，一直到十八箱東西都搬完，她還是沒跟我說過一句話。

小藍拿了一瓶飲料給我，是麥香紅茶。她邀我坐下休息一會兒，我站在門口說沒關係，沒事了的話我就要先走了。

這時顏芝如轉頭跟小藍說了一些話，但音量不大，我聽不清楚。接著她走過來牽著我下樓梯，我第一次被女孩子牽住，手心感覺到來自她的體溫與皮膚的細嫩，突然整個人都傻了。

她拉著我走到附近的小公園，有個媽媽帶著一個小男孩在玩蹺蹺板。

「克愚，謝謝你。」她終於說了第一句話，手同時放開。

「喔！呃……」我還在那點驚嚇當中，「不用客氣啦……」

「還記得我們之前的最後一通電話嗎？」

「喔！記得啊，跨年那通嘛。」

「你知道嗎，我好多次好多次都希望時光能倒流，回到你約我一起跨年那天。」

「回到那天幹嘛？」

「回到那天，我就不會答應讓他來找我，也就不會有那個被你看見讓你傷心的擁抱，也就不會答應他復合了。」

「你們……怎麼了嗎？」

我問得小心翼翼，她卻開始沉默。

我找了一張公園椅坐下來，也拉著她一起坐著。不遠處在玩蹺蹺板的小男孩玩得很開心，發出驚人的尖叫聲。

「已經天黑了耶，妳要不要拿下墨鏡啊，這樣會看不到路的。」我說。

她緩緩地轉頭面向我，然後慢慢地把墨鏡拿下來，她右眼是腫的，眉毛與眼睛之間有一道深紅色的傷痕，看起來縫了幾針，我嚇了一跳，「妳怎麼了？」

她沉默了一會兒，似乎是在平靜心緒，然後才慢慢把事情從頭到尾告訴我。

她跟男友前幾天大吵了一架，原因還是女人。

她壓抑不了怒氣，用桌上的菸灰缸打破她男友的頭，他推了她一把，撞破了櫥櫃的玻璃，割傷了眼睛，差之毫釐可能就會失明。

因為她說的話有很多情緒性的字眼，我也只能聽，所以就跳過去吧。

說到後來她抱著我哭，我除了拍拍她的肩膀安慰她，也不知道要說什麼。

旁邊那位媽媽帶著小男孩離開時居然斜眼看我，我從她的眼神中讀到「你把女孩子惹哭真是該死」的訊息，我超想跟她解釋：「凶手不是我啊大姊！」

我記得我爸媽以往的吵架，大多是講話大聲，然後突然安靜無聲，從沒有暴力情況發生。最暴力的那次吵架原因我已經忘了，只記得我媽氣得把鍋碗砸了一地，我爸開了門就出去，一直到半夜才回家。

我媽等在客廳，我爸看著她，一句話沒說，兀自走進浴室洗澡。

等他洗完澡出來，客廳的桌上多了一盤水果跟一張紙條，我媽已經睡了，我爸打開電視按了無聲，一個人靜靜地吃完水果，那晚，他就睡在客廳沙發上。

隔天，一切如昔，我媽跟往常一樣買早點回家，跟往常一樣叫我們起床上學，跟往常一樣跟爸爸一起坐在餐桌上吃早餐，跟往常一樣，她會替我爸帶一份報紙回來，兩夫妻分著看。我爸先看社會版，我媽先看民生版，然後交換。

我不知道那張紙條上寫什麼，因為我們都只敢躲在樓梯上偷看。

我哥、我姊都不敢說話，我更是渾身發抖地抓著他們的衣服躲在後面，那時候我真希望有個神能出現，而那個神能很快地讓爸媽回復正常。

最好是永遠都不要再吵架了。

長大後發現，別說夫妻之間，就連朋友間要不吵架都是近乎不可能的事。

可惜這世界沒有神，又或是神並不管這方面的事，人大概就是要一直吵一直吵才會吵出一個平衡點，同時也找出相處的方法。如果平衡點跟方法都吵不出來，那就是分開的時候了。

「是分開的時候了。」她說，「真的是分開的時候了。」

「嗯，我還是那句話，想清楚就好。」我說。

那天晚上，我大部分的時間都在聽她說，盡可能安慰她。

一直到她平靜下來，把悶在心裡的話都說出來，感覺輕鬆了許多之後，我才騎上梗梗離開。

離開時，她給了我一個擁抱，再次跟我道謝，說一定要讓她請吃一頓飯。

我說飯隨時都可以吃，先把自己的狀況調整回來比較重要。

那天之後，顏芝如又開始天天跟我MSN，就算我不在電腦前面，回家之後也能看到上面留了一堆訊息。她說她男朋友這陣子沒有再找她，她也很努力在走出傷痛，希望能過平靜的日子。

政業說，我跟顏芝如之間好坎坷，就是一直在錯過錯過。廖神學長也附和，說雖然他不看好美女配野獸，但深知我是個好人，美女跟我在一起應該會很幸福才是。

我拿筆在中指上畫了一個笑臉回應他。

有一天她問我，跨年那天那通電話裡，我那句「我更喜歡妳」，是真的還是假的。

我回說「真的啊」，她給了一個開心的表情。

這個開心的表情，丁尹也發過，我想她們用的是同一個圖庫。

丁尹後來問我，那天我臨時離開，是不是朋友有急事？

我點頭，說有個朋友要搬家，把我叫去幫忙。

「是女孩子嗎？」

「嗯，是的。」

「前女友？」

「我沒交過女朋友，哪來前女友？」

「那……是你跟我說過的，喜歡的那個……過去？」

「是的，就是她。」

「那……看起來還沒過去……」

「呃……也不是這麼說……」

我想解釋些什麼，她打斷我的話，「不說這個，克愚，我們出去走走吧。」

第五張照片，是我跟丁尹躺在福隆沙灘上，各自伸出一隻手，用天空當背景所拍的。照片裡的兩隻手都比著一，在天空交叉成一個×。

我問她：「為什麼要比×？」

她說：「這是在做記號，表示我們來過。」

我又問，「像是小狗在樹下撒尿的那種記號？」

「我很歡迎你在這裡學小狗撒尿，我會完整記錄下來。」她說。

接下來的照片，淡水、八里、行天宮、象山頂、烘爐地、宜蘭等等，我們在去過的地方通通都做了記號。除了×之外，她也拍了我很多奇怪的照片，躺地上的、趴在梗梗上頭的、手叉腰望著海的、跟神明祈禱的、頂著下巴發呆的。

有一天，丁尹買了相簿，說這本相簿可以放六百張照片，她要我把洗出來的照片一張一張放進去。

我問她：「拍得了這麼多嗎？」

她說：「六百張很快的。」

「感覺妳給了我一個功課，像是小時候的六百字作文紙，一定要寫完一樣。」

「我會陪你一起寫。」

「寫完會怎樣？」

「寫完你就知道了。」她說。

三月的研究所考試，考得我是疲於奔命，帥氣的臉上冒出痘痘。

百融從新竹上台北陪我考了一場，說那是他要還給我跟凱聖的人情。「你們在我重考那年陪我，我要陪回來，以免相欠。」他說。

可惜，凱聖並沒有考研究所的打算，百融這個人情還不了。凱聖說他要直接投入職場，先賺點錢還助學貸款再說。

研究所成績出來，不甚理想，只有一所正取，其他都是備取六、七。而那所正取，是我最不想去的學校「東華大學應數所」，因為距離太遠，它遠在花蓮。

丁尹說，先當兵也不錯，把欠國家的先還一還吧。「我會去部隊看你，拍一些你光頭的樣子。」

顏芝如說，她就是花蓮人，去花蓮念書雖然不比大城市，而且可能有點無聊，但風景優美，可以修身養性啊。「我支持你去東華，我回家時會去東華看你的。」

君儀順利考上了成大中文所，她知道我錄取東華，一直鼓勵我去花蓮，「那我就多了一個朋友在那裡，哪天去玩可以投靠。」

除了廖神學長之外，其他兄弟們對我要不要念研究所的看法都是「你爽就好」。

廖神學長則是說：「都考上了還不去，是這麼想當兵嗎？」

好吧，那就去當兵吧。

我哥：當憲兵比較帥！

我：你都當完了也沒比較帥。（被扁）

漸進曲

因為人生像是一首漸進曲。

時而匆忙，時而靜默，
跌跌撞撞，走走停停，
不管是哪個階段，都是成長的旋律。

這首曲子，聽著聽著，
哪裡漏了幾拍，哪裡曲不成調，
就是一個錯過。

21

五月，你知道的，夏天又來了。

那是我大學時期的最後一個夏天。

一天傍晚，我趴在房間窗台上抽菸，廖神學長去補習班教課。我開始覺得肚子有點餓，問在客廳泡茶看電視的政業：「喂！今晚想吃啥？」政業回我「我吃飯，你吃大便」，我就不想理他了。因為他這話是跟廖神學長學的，我覺得愈接近畢業，政業跟廖神學長學來的壞習慣愈多，當然包括白爛。

「政業，我替你想到今晚要吃什麼了。」

「吃什麼？」

我吸了一口菸，緩緩地說：「粽子。」

大概過了三秒，政業的幹聲從客廳裡傳來，而且還罵到破音。

我在房間裡大笑，對於自己能在這麼短時間裡反將他一軍感到沾沾自喜。

結果他又罵了一次，而且是五個字的髒話。我感覺不對勁，以為他被熱水燙到，衝出去一看，結果不是。只看到他雙眼瞪得跟燈籠一樣大，一臉震驚地看著電視螢幕。那畫面正播著新聞，內容是一個在地下音樂圈算是滿知名的樂團遭經紀人詐騙，損失超過兩百萬。

主播說：「這個樂團在四個月前才換了新的經紀人，卻在上週經紀人帶他們到新加坡演出時被丟包。樂團到達表演地點，發現演出名單沒有他們的名字，而且經紀人到新加坡第二天就人間蒸發，樂團成員還自己包車到演唱現場，結果表演不成，整團在飯店裡足不出戶待了四天，最後自己結算了飯店的住宿費用，黯然回到台灣。今天他們在律師的陪同下召開記者會，呼籲經紀人出面解決，否則將會提告。」

我看著政業，「這……不是你們吧？」

政業語調低沉地說，「不是，但我認識他們。」

「所以這是怎麼回事？」

「沒什麼怎麼回事，耍花槍跟這團是同一個經紀人。」

「啊？」

「媽的……」政業咬牙切齒地罵著。

然後他拿出手機，打電話給耍花槍其他的成員，每打一通，他就把剛剛看到的新聞從頭講到尾，一共講了四次，我在旁邊都能聽到電話那頭的樂團成員在罵髒話，你看他們罵得有多大聲。

政業撥完電話就要出門，急急忙忙的，我問他要去哪裡，他說他要去跟團員當面討論這事該怎麼辦。

「我是覺得，你要不要先打電話給你們經紀人？」

「打給他幹嘛？幹譙他嗎？」

「不是，因為新聞有時候不一定是真的，說不定有其他內情？」

「那一團我認識，他們人很好，我相信不會有什麼莫名其妙的內情。」

「這樣最好啊，所以打個電話給經紀人問一問應該沒差吧？」

他考慮了幾秒，拿出手機撥號，沒幾秒鐘就掛掉了。

「您撥的電話已暫停使用。」他說。

「哇靠！這樣真的是出問題了。」

「媽的我一定要找到這個混蛋。」政業氣憤地說，說完砰的一聲關了門就出去了。

我聽到他下樓的腳步聲非常急促，這時我走到陽台往樓下看，他走出公寓一樓就往巷子口跑，這輩子還沒看過他跑這麼快。

我撥了他的電話：「政業，你忘了騎車了，用跑的不會比較快。」我說。

「啊幹！雪特——」他咆哮著，巷子裡迴蕩著他的雪特回音。

這時我手機收到簡訊，幾乎同一時間我的電腦也傳來ＭＳＮ收到訊息的聲音。

顏芝如傳訊說：「今天晚上一起吃晚飯，好嗎？」

丁尹用MSN問我：「今晚有空嗎？我們吃完飯去散步。」

我一下子看著手機，一下子看著電腦，突然間不知道要答應哪一邊。拒絕哪一邊我都覺得不好意思，只好兩邊都答應。我的計畫是先陪顏芝如去吃飯，再陪丁尹去散步。

於是我傳訊給顏芝如：「好，告訴我時間地點，我會準時到。」

然後再回給丁尹：「我跟朋友一起吃晚飯，吃完陪妳散步可以嗎？」

顏芝如跟我約在市區一間日本料理，因為這間店佈置得很漂亮，所以我很自然地忘了它的名字。她說無論如何今天一定要讓她請客，我恭敬不如從命，所以看了那隨隨便便就是幾百塊起跳的菜單之後，我點了一份菜單裡最便宜的日式油醬經典沙拉。

她看穿我的用意，但沒有立刻戳破，跟服務生點了兩份套餐之後，轉頭看著我說：「你的客氣我收到了。」

「我哪有客氣？」我搔搔頭髮。

「有，只點沙拉就是客氣。」

「對我來說，一客兩百二十塊的沙拉一點都不客氣。」

「最近我有在打工，你別擔心我會把你當在這裡洗碗。」

「是喔！可是洗碗我不怕，我怕的是他們把我賣去日本當男妓。」

「當男妓不好嗎？」她呵呵笑了起來。

「當然不好，我守身如玉，潔身自愛多年。」

「你放心吧，你不會這麼容易被賣去的，日本人對品質的要求是非常嚴格的。」

「欸，妳一定要這麼誠實嗎？」

「你忘了我是誠實派的嗎？」

「好吧，妳贏了。」我說。

在餐點送來之前，我觀察著料理師傅切生魚片的刀功，得到一個令人發毛的心得，就是那刀子一定很鋒利。想到這裡，我不自覺打了個寒顫。

「你幹嘛抖了一下？」她問。

「喔！沒什麼，我看那師傅在切生魚片，不小心把自己想成是那條魚了。」

她順著我的話，往師傅的方向望去，看了一會兒，「那應該是很高級的鮪魚肚，你有這麼好吃嗎？」

「改天我被吃了之後問過心得再來跟妳報告。」

「不用了克愚，我知道你想歪了。」

「不不不，我想得一直都很直。」

「原來你是這麼『直』的人，我看錯你了。」

「喔不！妳又誤會了，我沒那麼『直』。」

「好啦！我們別再繼續在這話題上了，深夜還沒到，十八禁話題禁止。」

「好吧，我們換個話題。」

我喝了一口茶，覺得那茶比政業泡的差十倍。

這時我收到丁尹的訊息，她說九點在塔悠路六號水門見，我回覆：「好！待會見！」

「這幾個月，還好嗎？」放下茶杯跟手機之後，我看著她，輕輕地問。

「什麼還好？」

「搬到小藍家到現在也……」我算了一下，「快四個月了，還好嗎？」

「很好啊，可是因為小藍跟她男朋友住，我一個外人打擾太久很不好意思，所以我想找個地方搬走。」

「想搬去哪裡？」

「都可以，離我上班的地方不要太遠就好。」

「妳在哪裡上班？」

「我在生活工場當工讀生。」

「所以學校課業還忙得過來嗎？」

「可以啦，都大四了，課很少。」

「所以妳的志向有變嗎？還是想當記者，跑體育線？」

「是的！而且我還希望可以到體育台當專業體育線記者，這樣就可以去美國採訪，說不定可以碰到鈴木一朗。」

「那很好啊！如果妳碰到他，記得替我要個簽名。」我說。

這時，我的沙拉送來了，肚子餓到有點撐不下去，我跟顏芝如說了聲不客氣囉，就開始吃起來，沒一會兒，沙拉就被我秒殺了。

「好吃嗎？」她問。

我嘴巴裡還都是生菜，只能點點頭，比出大拇指。

「這間店我很熟了，是我前男友帶我來的，來了好幾次。」

我吞下最後一口沙拉，「你們……還有聯絡？」

她低下頭，沉默了一會兒，然後說：「有，而且次數還滿多的，但我沒跟他見面，只用電話談了一些事。」

「我覺得妳該換個電話。」

「嗯，我考慮過了，等我搬離小藍家就會去換了吧。」

「他知道妳住小藍家嗎？」

「我沒說，但我想他猜得到。」

「喔！總之，流血事件發生一次就太夠了，妳還是以安全為第一考量吧。」

「我會的。嗯……」她欲言又止的。

「怎麼了？妳有話想說？」

「嗯……不瞞你說，我偶爾還是會想起他。」

「哇！妳還會想起他啊？」我有點訝異。

「嗯，在一起很久了，感情不是說斷就斷的，雖然分開了，但有些過去美好的回憶，偶爾還是會趁你一個不留神的時候溜進你的思緒，這時候就會覺得，其實他對我還是挺不錯的，只是心不定，太容易脫離我們相愛的軌道了。」

「像是很會脫軌的列車？」

「呵呵！」她笑了起來，「是啊，我坐在上面，常常覺得很驚險。」

「那已經不是驚險了，都受傷了。」我指著她右眼的疤痕，那疤痕的顏色比她的膚色深一些，所以很容易發現。

我和她四目相接，我在她的眼睛裡看見自己，突然覺得心跳漏了一拍，她的美麗依然會讓我目眩神迷。

「克愚，」她說，「聽我說這些，你……會難過嗎？」

「嗯？為什麼要難過？」

「如果我喜歡你，而我聽到你說這些話，受這樣的傷，我會很難過。」

「哈哈！好像是這樣沒錯，但妳並不喜歡我啊，所以妳不難過。」

「誰說我不喜歡你？我說過我喜歡你。」

「嗯，我記得妳說過，但妳選擇了回頭，對吧？」

她點點頭，才剛要接話，我身後傳來一個男人的聲音。

他說：「芝如？」

過去美好的回憶偶爾還是會趁你一個不留神的時候溜進你的思緒。

22

她回頭，我也回頭，一個西裝筆挺，打著黃黑色格子領帶的男人站在我們後面。他看了我一眼，視線回到她身上，「妳怎麼在這裡？」他說，說完立刻轉頭指著我，「這男的是誰？」

我看見她眼裡的驚嚇，或者該說是驚恐。

她第一時間沒有說話，只是站起來笑著跟他打招呼。

她的笑容很刻意，像是要從一個木偶的臉上刻出笑容那樣的刻意，「嗨……」她愣了許久才擠出這麼一個字，沒有任何意義的一個字。

而他還是那句話，「這男的是誰？」視線沒有離開過我身上。

到六號水門的時候，已經接近晚上十一點。

我的手機螢幕破了，按鍵也不聽使喚，雖然它一直響，我想一定是丁尹打來的，但我就是接不起來。

丁尹坐在水門裡面的水泥檻上，像是一座燈塔守護著大海上的船隻，從沒離開過一樣。我感覺得出來，這近兩個小時的時間裡，她從沒離開過這個地方，因為她的手上有幾個被蚊子叮得腫起來的包，連臉上都被叮了一口。

我騎到她面前，關掉大燈，戴著安全帽，坐在梗梗上，「對不起，我來晚了。」我說。

「你怎麼了？我一直打你電話都沒人接。」她焦急地詢問。

我拿出手機給她看，「對不起，它壞了，我怎麼按通話鍵都接不起來。」

「你手機怎麼摔成這樣？」

「我相信是我屁股太大的關係，哈哈。」我乾笑著，真的是好乾好乾地笑著。

這時她掀開我的安全帽遮蓋，看見我腫脹到睜不開的左眼，「天啊！克愚！你眼睛怎麼了？」她緊張得叫了起來。

本來我跟顏芝如的兩人晚餐，後來變成三個人。

三個人的身分，其實有點尷尬。喔不，應該說是非常尷尬，非常非常的，宇宙級的尷尬。

我們話說得不多，真的不多，而且大多是他們在講。講的內容我一字一句聽在耳裡，心裡的不舒服一點一點地累積著。講到我能搭腔的時候，大多是被質問的時候。

是的，被質問，被她男朋友質問。

喔不！被她前男友質問。

我心想，「趙克愚，快點吃一吃快走吧，快點離開那種莫名其妙的氣氛，還有遠離這個莫名其妙的男人。」

他問了我N次：「你到底是誰？」我回答了N次：「我只是她的朋友。」他不知道是耳朵有問題還是腦袋有破洞，聽不懂就是聽不懂。

於是我站了起來，跟顏芝如說了聲「謝謝妳的招待」，就往門口走去。

才剛出門口沒幾步，立刻被人拉住，一回頭，不消說，拉住我的人當然是那個腦袋有洞的她的前男友。

「你今天不講你是誰，別想離開這裡。」他撂下狠話。

我拽開他的手，「先生，我講了很多次了，我只是她的朋友，你是不是耳朵有毛病？再者，你又是誰，憑什麼這樣拉我？」

「我是她男朋友！」

「是喔！那你的女朋友還給你，祝你們用餐愉快。」

「什麼叫作還給我？我的女朋友就是我的女朋友，什麼叫作還給我？」說著說著他又拉住我，態度非常粗魯。

「你最好快點放開你的髒手。」我冷冷地看著他，一邊指著他的手。

「怎樣？我不放又怎樣？什麼叫髒手？想恐嚇我是嗎？」

我再一次用力拽開他的手，下一瞬，他的拳頭就打過來了。

我展開回擊，兩人在路邊扭打，手機因此被我坐爛，路人開始圍觀，顏芝如在一旁邊哭邊勸架，但效果不好，直到有人說已經報警了，他才停手。

我先站起身來，他還躺在地上，我看了顏芝如一眼，她臉上掛滿淚水地看著我，眼神盡是無助，又帶著抱歉。我沒說什麼，只想離開那裡，他一直拉住我，又因為站不穩一直跌倒，我就這樣被他拉了又跌，跌了又站好幾次，後來我用力拽開他的手。

「你再拉我一次試試看！」我怒氣全發地吼了一聲。

他依然不放棄，「我是律師，我要告你傷害，你倒大楣了你！」他人都站不穩還一直放話威脅。

我沒理他，逕自走向梗梗，回頭看見她正在攙扶他，看樣子他被我揍得很慘，連站都有問題，這一場仗我大勝。

騎上梗梗離開之後，我感覺頭很暈，是暈到不太能集中視線的那種暈，左眼開始有視覺障礙，人中有一股暖流往下，我手伸進安全帽摸了一下，幹，我流鼻血了。

在附近找到一間小醫院，我知道我必須掛個急診，或許該拿個驗傷單，不然他如果真告起來，我一點準備也沒有。想著想著，一個不小心連人帶車在騎樓滑倒，巨大聲響引起急診室護士的注意，接下來就是整個人被擔架床送進去。

醫生問我怎麼了，我說打架。醫生又問有沒有頭暈，我說有。他說身上還有沒有其他不舒服，我說除了擦傷跟眼睛，其他還好。他說可能要安排照一下電腦斷層，我說我跟朋友有約，可以的話能否改天再照？

後來護士替我止了鼻血，一些小外傷擦上藥，左眼好像抹了消腫膏，然後貼上繃帶。我請醫生替我打一針止暈劑，結果他給我一包點滴。

點滴滴不到三分之一，我就請護士把點滴拔掉，走出醫院時再把左眼的繃帶撕下，當時心裡想的只有六號水門。

我知道我的左眼腫了，但我想見她。

我知道我連路都看不清楚，但我想見她。

我知道我遠近距離都抓不準，但我想見她。

我知道我這種狀況騎車很危險，但我想見她。

第一百八十七張照片，是我躺在床上呼呼大睡的照片。左眼是腫的，而我睡得像條豬一樣熟，還流口水。

那張床是丁尹的，不是我的。

她說，那是她第一次帶男生回她的房間，這是祕密，要我保密。

第一百八十八張照片，是我吃早餐時專心看報紙的照片。左眼依然腫，她說眼睛腫成這樣就別看報紙了，她唸給我聽就好。

我沒有告訴丁尹這些傷是誰打的，而事情的來龍去脈又是如何，相反的，我還撒了謊，而且最莫名其妙的是，連我自己都不知道為什麼要撒謊。莫名其妙。

我告訴她，跟朋友吃完飯走出餐廳後，我陪朋友去等公車，在公車站附近遇上一個醉漢，那個醉漢一直騷擾我朋友，於是我跟對方一言不和就打了起來，不但臉上掛彩，還賠了一支手機，真是划不來。

丁尹問：「是她嗎？」

我裝傻：「什麼她？」

她又問：「那個過去。」

我又撒謊：「不是她，是另一個妳不知道也不認識的同學。」果然，撒了一個謊要用更多的謊來圓。

她沒有再問下去，只是笑笑地看著我，摸著我的臉說：「快點好起來，你這樣好醜。」

幾天後，顏芝如打來電話，這時丁尹在我旁邊，我們正在木柵動物園被動物看。為了不讓我撒的謊破功，我刻意走遠了一點才接。

顏芝如跟我約見面，她說她想當面向我道歉。我說現在不太方便，請她晚上再到公寓附近的全家便利商店門口見面。

「晚上我朋友有事找我，今天我們可能不能太晚。」掛掉電話之後，我對丁尹說。

「是不是很緊急的事？」

「呃……也不算很緊急啦，但擱著也不好，快點處理比較好。」

接著，她說了一句話。

一直到很後來的後來，我才真的理解她講那句話的意思是什麼。

她說：「克愚，磋跎的另一個解釋，是錯過。」

到了公寓附近的全家，顏芝如已經在外面等我了。

我拿掉安全帽，她看見我的傷，眉頭皺了，鼻子也紅了，眼裡噙著淚水。

「克愚，對不起……」她說。

「芝如，妳別跟我說對不起，該道歉的是他不是妳。」

「請你接受我的對不起，我是真的很內疚。」

「好吧，如果妳會比較好過的話。」

「我跟他說好了，他不會告你。」

我聽了立刻回她說：「那換我告他，可以嗎？我有驗傷單。」

「克愚，你要告他，我不能說什麼，但我比較希望……」

「妳要說一切到此為止就好，是嗎？」

「嗯，是。」她點點頭。

「反正被揍到站不起來的不是我，臉也不是我丟的，妳去告訴他，如果他不爽，有種叫他再來一次。」

「我只想說，對你真的很抱歉。」

「妳不用管我，擔心妳自己比較實際，這種人妳還跟他在一起那麼久，我只能說妳真的是神。」

「你想說神經病是嗎？」

「我沒這麼說，妳不要誤會。」

「不，你說得對，我想我真的是神經病。」她說，說著說著掉下眼淚。

那天我們沒有講太久，顏芝如時而道歉，時而沉默，我其實不需要她向我交代什麼，她的道歉對我來說無濟於事。

她說她前男友已經知道她住在小藍家，這幾天她給小藍添的麻煩遠比借住在她家裡多得多。

「我現在回到小藍家，連拿出鑰匙開門都需要勇氣，雖然她嘴裡說挺我到底，但我自己知道，我對她來說就是個麻煩。」她說。

我一時心軟，邀顏芝如到公寓過一晚。「我睡客廳，妳睡在我房間。」我說。她思考了一會兒，點點頭。

開門進屋的時候，廖神學長跟政業正在泡茶，他們看到我帶個女孩子回來都傻眼，但隨即恢復正常。

政業招呼她喝茶：以平常人來說，很正常。

廖神學長問她需不需要按摩或是做Spa：很白癡，但對他來說很正常。

顏芝如沒在客廳待太久，我想大概是廖神學長的垃圾話讓她感覺場面有點無聊，所以早早就去睡了。我們持續泡茶聊天到深夜，廖神學長說女孩子這時候很脆弱，要趁虛而入就要打鐵趁熱。我說他心理有病，快點去看精神科醫生。沒想到政業卻搭腔：「我也這麼想。」害我莫名其妙地考慮了一下。

只有那一下，一下下而已。沒了。

隔天我睡醒，房間裡空無一人，顏芝如安靜地離開了。

她在我書桌上留了一張紙條，寫著：「克愚，真的對不起。這樣的我，你還喜歡嗎？」

我看著那張紙條，雙手扶在桌上思考著這一切，心裡五味雜陳。

這時廖神學長起床了，他伸懶腰兼打哈欠的聲音大概連隔壁棟都聽得到，「趙克愚，你早餐想吃什麼？」他走到我的房門口問。

「我吃吐司，你吃大便。」我說。

「喔！大便嗎？那太高級了，我跟你一樣吃吐司就好。我們來丟銅板，人頭你去買，字我去買。」他說。

結果丟出來的是人頭。

媽的。

磋跎的另一個解釋，是錯過。

我沒有再問顏芝如關於她跟她前男友之間的事，我想大概是因為我不想再從她口中得知她又回到前男友身邊了吧，這種消息真的只值一句話來做結語，就是「幹你媽的」。

我知道她很快地搬離小藍家，而這次她並沒有找我去幫忙。所以怎麼搬的？搬去哪裡？我都不知道。

我唯一掌握到的訊息是她在ＭＳＮ上面留給我的那些話：

克愚，儘管我說過抱歉了，但對你的內疚還是無法消滅，能不能請你告訴我，我該怎麼辦呢？我把自己的愛情弄得很糟糕，除了你跟小藍，我身邊的朋友幾乎全都拒絕理解，我相信這是一種自做自受，而我正在「自受」的階段，只希望這階段別太久。

我搬離小藍家了，畢業在即，我暫時找了一個可以短暫棲身的地方，拿到畢業證書之後，我就要回花蓮了。

我知道你放棄了東華的研究所，我只覺得可惜，因為說不定，我們之間會有什麼樣的故事呢。

還會再見嗎？我會等你的答案。

百融跟凱聖知道這件事情之後，凱聖的評語只有五個字，「克愚，你真衰。」

百融則拿出他的學者風範，一一分析解釋著為什麼顏芝如會是這樣的一個人。

「她，不能沒有愛情。」百融說。

我跟凱聖聽了都有點欽佩，這話似乎一針見血。

百融說，學伴沈宇婷有個女同學就跟顏芝如是一樣的狀況。

這樣的人從來沒去思考過自己到底喜歡什麼樣的人，或是什麼樣的人適合他。對他們來說，愛情就是愛情，跟人沒有關係。不管跟誰在一起，他們都會有「跟愛情在一起」的錯覺。也就是說，他們對愛情有絕對的憧憬，卻總是做不對的選擇，因為他們只習慣被愛，覺得被愛就夠了，即使感情路上千瘡百孔，自己跌個遍體鱗傷也不曾靜下心來思考。

思考什麼？

思考：「其實跟我在一起的是『人』，不是『愛』。」

懂得思考這一點的人，就會進一步思考更深一個層面的問題：「所以我該好好地選擇人，而不是只盲目地看見愛。」

沈宇婷的同學就是這樣。

她有個男朋友，交往也兩年了，但相處一直有問題，分分合合多次，總是因為同樣的問題而爭吵。接著有另一個人表明愛意，姑且稱他做「阿呆」。她在男友身上得不到的溫暖，會在阿呆身上得到，阿呆對她好，阿呆願意傾聽，於是她覺得阿呆懂她、了解她、阿呆是個好人，她要好好把握，不像她男友一樣總是背對著她，雙方同床異夢，漸行漸遠。

她放不下男朋友，又捨不掉阿呆，這類似人格分裂的狀況會持續到必須做出選擇的時候。這時她會害怕背上「放棄」的罪名，不管是放棄人還是放棄愛情，於是最後的選擇依然一樣：回到男友身邊。

為什麼？因為太多人有一種莫名其妙的觀念：「提分手的人就是錯的。」而人常會為了不敢擔罪名而繼續做錯誤的選擇。

這時阿呆帶著失望離去，她帶著錯誤的選擇回到男友身邊。直到下一次再發生一樣的狀況，阿呆的電話又會響起，來電顯示就是她的名字，她希望在阿呆身上再找到需要的溫暖。如此循環著。

百融說，顏芝如就是這樣，而我就是阿呆。

「不能沒有愛情的人，不只不懂愛，還會糟蹋愛。」百融說。我跟凱聖聽完都鼓掌叫好。

凱聖後來問了一個問題：「百融，照你的意思來說，基本上克愚就是個……備胎？」

百融彈了一下手指，「完全正確！」

而我在一旁，一句反駁的話也說不出來。

我在想，如果顏芝如是個「不能沒有愛情」的人，那我是什麼呢？

這個問題想了許久，後來是丁尹告訴我答案。

耍花槍跟經紀人之間的問題一直無解，因為他們根本找不到人。

經紀人身上帶著他們在地下音樂 Pub 演出的收入，而他們也在事發之後才驚覺想起，上個月的表演沒有拿到錢。

政業想到一個辦法，他跟耍花槍的團員每天二十四小時排好班表，輪流守在經紀人家對面的麥當勞。半夜麥當勞沒開就站在旁邊的騎樓黑暗處，目的是不要被經紀人發現有人在堵他。

「我就不信他從新加坡把樂團丟包捲款潛逃之後不需要回家拿東西跑路！」政業說。

而他是對的。

耍花槍等了足足五天，在第六天的凌晨三點半，看見一個全身黑色穿著、戴著帽子的人在經紀人住處大樓的大門口下了計程車，提著行李箱走進去。

值這個堵人班的是耍花槍的鼓手，他本來還沒想到那是經紀人，但突然間他覺得眼前的畫面很奇怪，「什麼樣的白癡才會在夏天熱得要命的時候把自己包得緊緊的，還穿黑色大衣？」他說。

經紀人的下場挺慘的，他被耍花槍海扁一頓就算了，政業還打電話給被丟包在新加坡的樂團說：「咬破米袋的老鼠，被我們抓到了。」

那天，耍花槍整團在我們公寓開了「烤老鼠肉 party」，而那隻老鼠則是躺在醫院，傷勢多嚴重我不知道，但聽他們貝斯手說，「他應該要吃一整年的稀飯吧，因為我都打牙齒。」

我打電話找丁尹一起來加入，她一口答應。當晚，不消說，桌上當然是杯盤狼藉，一群樂手在，氣氛當然是 high 到最高點。Party 開到晚上十點，有人按了門鈴，廖神學長開門後說了一句「歐買尬」，我們往門口看去，外面站了兩個警察。

「有鄰居打電話投訴你們太吵了，請節制，不然我們再過來的話就要開單告發了。」其中一個看起來比較年輕的警察說。

為了讓 party 繼續，耍花槍鍵盤手提議轉移陣地到大直橋下，「那裡應該只吵得到鬼吧。」他說。

我們到便利商店搬了好多啤酒，拿了好多零食，另一個吉他手半路脫隊不知道跑去哪裡，回來的時候手上多了一袋沖天炮跟仙女棒。

伴著那夜的星光、月光，和一直揮之不去的蚊子大軍，喝完啤酒喝伏特加調飲的我們，一個接一個地醉了，胡言亂語、草地打滾、隨地小便的行為都出現了，廖神學長這時突然玩起拱我跟丁尹接吻的遊戲。

「快親喔！不親我叫警察來開單！」政業說。這話引起在場其他人的歡呼。

其實在丁尹來參加 party 之前，我有嚴正地先向所有人說明她真的不是我的誰，我們只是好朋友。但這個說明似乎一點用都沒有就是了。

我忘了那天有沒有親吻她，因為我真的很量。丁尹的酒力沒有我好，她早在我們放沖天炮的時候就坐在一旁看著天空，用雙手比著「七」的手勢，做成一個框框，好像試圖框住離地球幾十萬公里遠的月亮，我猜那是一種醒酒的儀式。

那天回到公寓，我趴在書桌上睡著，丁尹睡在我床上。

當我因為手被壓麻而醒過來，看見棉被已經折好放在床尾，床單鋪得好平好平，那張床像是從來沒有人睡過一樣。

丁尹已經離開了。

廖神學長說，為什麼我帶回來的女孩子醒來後都會自動消失？是不是我有什麼魔咒？「我太早放棄算命了，應該替你算一算的，看看這種慘況該怎麼解。」他說。而我回敬他一隻中指。

我撥了丁尹的手機，她沒接。

中午過後，我再撥她的手機，還是沒接。

傍晚時分，我才剛按出通話鍵，電話那頭的電腦小姐就跟我說：「您撥的電話未開機，請稍後再撥。」

我心裡有種說不上來的預感，而這預感似乎是一種不安。

顏芝如跑到公寓來找我時，我剛好出門買晚餐，手裡提著兩個便當，回到公寓門口看見她站在那裡，我心裡嚇了一跳，但表面故作鎮定。

顏芝如說：「我一直沒收到你的回覆，所以來看看。」

我把車停好，摘了安全帽，給了她一個微笑，沒說話。

那天，是我最後一次見到顏芝如了。

我們的最後一段對話是這樣的：

她哭著問：「所以，我再也見不到你了，是嗎？」

我點點頭，「是的。」

「那，能不能換一個方式說再見呢？」

「妳想用什麼方式？」

「例如……不那麼難過的……假裝的方式？」

「假裝？」我笑了一笑，「芝如，妳不是誠實派的嗎？」

「我知道我的誠實其實是自欺欺人，只是我不敢承認。」

「那，妳想要怎麼假裝？」

「假裝，我們明天還會見面，好嗎？」

我看著她，夏初的晚風徐徐地吹撫她的劉海，她還是好美。

「好。」

她吸了吸鼻子，擦掉掛在頰上的眼淚，「克愚……我要回去了……」

「好的……路上小心。」

「嗯，我會的……」

「好……」我揮一揮手，第一次感覺自己的右手竟是如此沉重，「……明天見。」我說。

淚滴再一次滾落在她剛拭淨的臉龐上。

看著她腳步沉重又緩慢地離開巷子，我深深地吸了一口氣，忍住了一陣鼻酸之後快要掉下的淚水。

這時廖神學長在陽台喊著：「克愚，十八相送完了沒？我肚子餓了，快把便當拿上來。」

我抬頭伸出中指，「幹！你餓死好了！」

講到這裡，或許你想問我，她到底來找我做什麼。

她跟我說，她前男友再一次向她道歉，跟之前一樣。於是她再一次地心軟，想問問我該怎麼辦。

我對她說，芝如啊，面對誠實派的妳，我想這對我來說應該是有些影響的。所以今天我趟克愚也要當個誠實派，我要很誠實地告訴妳，感情的建立，說穿了就是喜歡與不喜歡、愛與不愛。因此，除了「我喜歡妳」之外，我認為還有更加重要的，就是「我們互相喜歡」，或是「我們相愛」。

我很喜歡妳，但我們並不是互相喜歡。這狀況繼續下去，以後就會變成我很愛妳，但我們並不相愛。

因為，妳其實並不清楚一件事，趙克愚對妳來說，只是個找溫暖的備胎，對吧？是的，備胎，原諒我說得直接。

我從沒談過戀愛，一直到現在，我只懂得怎麼去喜歡一個人，而我總是默默的，因此我還不懂得被喜歡的感覺是什麼。

也因此在愛情裡我比妳純粹，我知道愛人與被愛，都很珍貴。

好好想想妳要的是什麼樣的人，以及想跟他有什麼樣的未來吧。

人生要做選擇本來就很困難，而做完選擇之後還有更重要的，就是對自己的選擇負完全的責任。

讓我們都對自己負責吧。好嗎？

芝如，我很喜歡妳，但今天，我決定放棄了，而我會為今天的選擇負責。

妳要有什麼選擇，正如我一再一再告訴妳的，妳要想清楚，想清楚之後再選，然後負起選擇後的責任。

其實妳不需要來問我的，我的看法與建議一點都不重要，因為妳早知道自己會做什麼選擇了。所以，選擇了他，就負起責任吧。

那麼，我就不祝妳幸福了。

我就，不祝妳幸福了。

這時，手機設定好的鬧鐘響了。這是第一個鬧鐘，我設定的時間是五點三十分。

為了今天這場硬仗，我一共設定了五個鬧鐘，每隔十分鐘一個，以防我爬不起來誤了要事。

按掉鬧鐘，我依然坐在衣櫥前面的地上，手裡還翻著那本相簿。我知道一切都來不及了，我是說去睡覺這件事已經來不及了，所以我已經做好了爆肝的準備。

我站起身，把相簿放到一旁靠著牆壁。「該是試穿西裝的時候了，說不定這個月又胖了一點，要是西裝穿不下就糗大了。」我心裡這麼想著。

撕下那張媽媽寫的「穿上，承擔」，我順手將它貼在旁邊的鏡子上。穿上襯衫照了一下鏡子，心裡鬆了一口氣，還好沒胖。穿褲子的時候腳不小心去踢到旁邊的相簿，它倒了下來，正好翻到裡面的最後一張照片。

第兩百九十張。

當初我一張一張把照片放進相簿裡的時候，還用小標籤貼紙替照片貼上編號。我以為這是一個貼心的舉動，殊不知這只是一種理工男生莫名其妙的數字制約罷了。

漸進曲

丁尹說我是個不會整理相片的人，因為該貼在照片後面的應該是照片裡人事時地物所描繪出來的小故事，而不是生硬冰冷的數字。

所以當時要將這最後一張照片放進相簿的時候，我在照片背後清清楚楚地寫明了照片捕捉畫面的人事時地物。

人：我和丁尹
事：
時：二〇〇四年六月十日
地：火車上
物：兩張莒光號車票

事的部分我沒寫，因為當時我不知道該怎麼寫。

兩張莒光號的車票跟照片放在同一格裡，我拿出車票看著，思緒瞬間又被回憶洪流捲走。

丁尹在一個星期後打了電話給我，我問她怎麼都沒接電話，怎麼一直找不到人，她沒有回答，只是用她一貫輕輕的語氣說：「克愚，我們去搭火車吧。」

「搭火車？去哪裡？」

「都可以，隨便買張票，我們跟著火車旅行去。」她說。

我們約在台北火車站南三門見面，從沒遲到過的她這次遲到了十分鐘，但票她已經買好了，我看了一下目的地：「台北↓台中」。

「台中？妳想去我故鄉看一看嗎？我可以帶妳到處晃一晃！」

她沒說話，只是靜靜地看著我，嘴角微揚，笑容依然親切。這時我才發現她把頭髮染回全黑，而且長了些。

她拉著我的手，準確地說，應該是牽著我的手，一路往月台走去。

在月台上，她不停指揮我，一下要我坐好，一下又要我起身，把我當成拍照的模特兒，我彆扭地擺著她要我擺的姿勢，一旁有旅客走來走去，我覺得很不好意思。

我自認不是當模特兒的料，她卻說：「克愚，你今天好帥。」

真是謝謝誇獎。

那天，我們天南地北地聊了很多，像剛認識一樣，開心的台中一日遊。

我們租了摩托車，這裡晃晃那裡吃吃，我中午帶她到車站附近吃有名的老牌香菇肉羹，下午去精明一街喝珍珠奶茶，然後到美術館躺在草皮上發呆，晚上到大智路吃超級美味的吉蜂蒸餃。

這天她拍的照片比平常多很多，我問她為什麼，她說因為台中好玩啊。

在回台北的火車上，我累得睡著了，一覺醒來已經開到板橋，丁尹說我醒得真是時候，因為如果我到台北再不醒的話，她就要用手上的飲料從我頭上澆下去。

走出火車站，我想送她回去，她卻搖搖頭：「今天我想自己搭公車。」

「這麼有閒情逸致啊？搭火車還不夠？」

「今天有搭車的fu啊。」她說。說完頭也不回就往公車站走去。

回到家，我剛洗完澡就接到丁尹的電話，她要我後天帶著相簿去士林夜市附近的星巴克找她，說要看看我整理照片的成果。

政業說，他感覺得出來丁尹喜歡我，廖神學長在一旁也點頭如搗蒜。我則是聳聳肩沒說話，因為我不知道要說些什麼。

「幹，我說人家喜歡你，你聳肩是在聳什麼意思的？」政業皺著眉頭。

「沒什麼意思，就……不知道要說什麼。」

「就說你喜不喜歡她啊。」

「喔……」

「喔？就一個喔？沒了？」

「也不是啦，就……我也不知道，我很喜歡跟她相處的感覺，可是那是喜歡嗎？」

「這要問你自己啊。」

「嗯……呃……」我嗯啊了老半天，「或許……有吧。」

「有什麼？」

「有喜歡啊。」

「那你在等什麼？」

「什麼我在等什麼？」我不懂政業的意思。

這時，在旁邊一直沒搭腔的廖神學長說話了。

「他不是在等，他是在猶豫。」他說。

我跟政業的視線同時移向廖神學長，他吸了吸鼻子，接著說：「克愚，還記得我很久以前就告訴你的，你是個總是游移不定、猶豫不決的人嗎？」

我點點頭，「嗯，記得。」

「你這個症頭愈來愈嚴重了。以前你只是猶豫該不該說或該不該做，現在你猶豫的已經進步到人身上了。你面對這個，放不下那個，卻一直在告訴自己，或許再等一等會更確定，或許再等一等答案就會跑出來，你覺得你不做決定或不做選擇，真的會有答案嗎？那你不如等天上有錢掉下來還可能比較快。而且你最糟糕的是，你竟然不知道問題的答案一直在你身上！」廖神學長真是一語中的。

這番話重重地打醒了我，像是一個超響的耳光。

而第二個耳光來自丁尹，這巴掌響得像是可以穿透天際傳到宇宙一樣。

當晚，我躺在床上，想了很久，鼓起勇氣打電話給丁尹，但她沒接，我猜想她可能睡了。

但兩分鐘後，她傳來訊息：「找我？」

我回：「是的。有事想問妳。」我們開始用訊息說話。

「你說。」

「我是不是很糟糕？」

「糟糕？你在說什麼？我覺得你很好啊。」

「我是不是很笨？」

「哈哈，有時候確實是這樣。」

「我是不是讓妳難過？」

「為什麼這麼問？」

「或者我應該這麼問，我是不是正在讓妳難過？」

她沒有立刻回傳，我房間裡小鬧鐘的秒針規律地一秒一秒跳著，答答答的聲音像是轟炸機一樣，我急得想再傳一次，深怕她沒有收到。

大概過了十分鐘，她回傳：「晚了，睡吧。別忘了我們後天星巴克見喔。」

那天夜裡我輾轉難眠，跑到 7-11 去買了小標籤貼紙，把相簿拿出來全部重頭溫習了一遍，感覺像是在看這些日子以來拍成的一部電影，那膠卷在我的腦海中轉動播放著。

我替照片一張一張貼上編號，一邊貼一邊看著照片傻笑。像個白癡。

約在星巴克碰面那天，我們約了下午三點。我提早了五分鐘抵達，買好咖啡時她剛好出現。找了位置坐下之後，她從包包裡拿出一疊照片和一本跟我一樣的相簿，只是顏色不同。我的是深褐色，她的是深藍色。

「我把去台中的照片都洗好了！」

「真快！我也把相簿裡的照片都編號好了！」

「你編號幹嘛？」

「方便查詢啊。」

「你自己的相簿是要查詢什麼？你以為百科全書還是字典啊？照片不是用編號來收藏的，是要在背面寫上人事時地物啊。」

「喔！真抱歉，我不知道有這樣的專業。」

「這不叫專業，這叫提醒。將來相簿拿出來，自然而然會提醒自己屬於這張照片的回憶。」她說。

那天我們在星巴克待到晚上九點半，因為她規定我要把所有照片的人事時地物全都寫上去，寫完之後，她要求跟我交換相簿，一週後見面歸還。

漸進曲

一週後是我的畢業典禮。很巧的，她的畢業典禮也在同一天舉行。

我哥代表我媽跟我姊到台北來參加我的畢業加冕儀式，政業看見我哥之後點頭打了個招呼，然後把我拉到一邊：「他好年輕，是你弟嗎？」我差點賞他兩鍋貼。

這天，也是我第一次看見我未來的大嫂。我哥的口味……喔不！是眼光品味果然跟我不一樣，他喜歡那種看起來有點精明的。

政業這時又說：「她也很年輕，是你妹嗎？」這次我就沒放過他了。

第五個鬧鐘響了，六點十分。

智慧型手機的鬧鐘設定真的很方便，想設定幾個就設定幾個。可惜鬧鐘永遠都只有一種功能，就是把人喚醒。

有些美夢，做完了就結束了。夢醒時你會希望鬧鐘是壞的，你希望不要被喚醒。

畢業那天，我在公寓的房間裡大哭，心裡想著，如果時間可以暫停，我會想把時間停在哪裡呢？

丁尹說，時間不可能會停的，因為人生像是一首漸進曲。

時而匆忙，時而靜默，跌跌撞撞，走走停停，不管是哪個階段，都是成長的旋律。這首曲子，聽著聽著，哪裡漏了幾拍，哪裡曲不成調，就是一個錯過。

而我錯過丁尹了。

那天我們約在同一家星巴克見面，但這次我們沒有坐下來喝咖啡，她在門口跟我交換了相簿之後，緊緊地抱著我，至少有兩分鐘。

她說她要回台南了，再過兩天就搬回老家。

「我要回去那個都是鹽的地方。」她說。

回到公寓，我把相簿打開，裡面滑出一封信，信封上寫著「親愛的你」四個字。

拿著信的我的手不自覺地發抖，我不知道為什麼我竟害怕將信打開。

克愚：

我喜歡你。很喜歡。

還記得我們開烤老鼠肉 party 那晚嗎？那是我們第一次，也是唯一一次的親吻。那不是我的初吻，但我知道那是你的。於是，那當下我便告訴自己，我將比你更珍惜這個吻。

只是，當我要離開你房間的時候，在你趴睡的桌上，我看見了她留下的紙條。

那個你一再一再丟下我朝她狂奔的……過去。

終於，我明白為什麼你一直感覺不到我對你的好感，因為你是個猶豫不決的人。面對酸梅跟芒果冰的時候，你猶豫著；面對泡菜跟辣菜臭豆腐的時候，你一樣猶豫著。

因此，面對我和過去，你依然猶豫著。

你不曾問過我的過去，所以我也就從未告訴過你。我交往過兩個男朋友，他們最後都選擇了過去，因此我告訴自己，我再也不想成為過去的對手了。

你很喜歡她，我看得出來，也感覺到了。

我告訴自己，退出吧。磋跎的另一個解釋，是錯過。

相簿你要好好收著，可惜我們沒辦法一起寫到第六百張，我有點遺憾。

但我的相簿裡，已經滿滿都是你了，我很滿足，因為這是我能帶走的。

今天，我們都畢業了，祝我們畢業快樂。

也祝我對你的感情，畢業快樂。

尹 二〇〇四年六月十七日

我全身發抖，說不出話來。慢慢地放下信，拿起手機立刻撥給她，卻還是那該死的電腦小姐說：「您撥的電話未開機。」

我打開相簿，裡面的照片一張一張像是被擦拭過一樣亮亮的。

從第一張到第兩百九十張，我一張一張慢慢地看著。

第兩百九十張。這張照片裡的我正在睡覺，地點是火車上。丁尹把頭靠在我的肩膀上，笑得很燦爛，來了一個雙人自拍。

我抽出相片，下面有兩張車票，一張是「台北↓台中」，一張是「台中↓台北」。

而照片的背面，除了我的字跡，還有她的。

人：我和丁尹
事：我愛趙克恩
時：二〇〇四年六月十日
地：火車上
物：兩張莒光號車票

畢業快樂。

漸進曲

25

後來我足足找了丁尹半年，一直到我新兵訓練結束下部隊了才放棄。

她從不回我電話，也不回我訊息，後來還換了電話號碼，我猜想她心意已決。

她說得對，人生就是一首漸進曲。

我的漸進曲演奏到這裡，漏了幾拍，曲不成調，我開始理解這就是錯過了。

天已經很亮了，我穿好襯衫和西裝褲後，發現好像忘了叫我媽替我準備領帶。

打開衣櫥，我翻找了一下，在最後一格抽屜裡發現一條很面熟、很懷念的領帶。

是爸爸的。我永遠記得那領帶上的污漬。

「這會是最適合我出席婚禮的領帶，謝謝爸爸給我的結婚禮物。」我心裡這麼想著。

是的，今天是我的婚禮，我要結婚了。

媽媽說，穿上這身西裝，娶了美麗姑娘，就要一輩子承擔。

台灣人結婚的習俗與過程的繁瑣，我想應該是世界第一。

從兩個人決定結婚，開始著手進行結婚的程序，一直到婚禮完成，大概要半年的時間，當然有兩個月就完成的，也有十分鐘就解決的。

我決定結婚到今天，花了六個月又十七天。

百融花了兩個月，他速度快到我們幾個朋友都有點驚訝。

但最快的還是廖神學長，他只花了十分鐘。沒辦法，他是神。

我哥最久，從求婚確定到完成婚禮一共花了兩年又過六天。他說，先把錢存夠才敢娶人家。

我姊比較特殊，因為她先懷孕了。懷孕這事是一開始就講好了，因為他們想生一個牛寶寶，但因為男方爺爺過世，必須等過多久（我也不知道）才能結婚這種古老習俗的堅持，所以雙方講好在二〇〇八下半年先懷孕，以後再補辦婚禮。

我的姪兒在二〇〇九年五月出生，牛年的金牛座，果然很牛。從他剛出生未滿月的體型看來，果然是隻很肥美的牛……喔不，小男生。

政業到現在還沒結婚，他說對結婚這件事不太感興趣。

我想也是，短髮歌迷在他當兵第一年就兵變之後，他開始鄙視女人，一直到退伍後交了新女友，才又重拾對女人的興趣。

不過他的感情路不太順利，戀情都維持不久，至今到底換了幾個女朋友，我也不知道。

「為什麼我的戀愛總是不長久呢？」他納悶著，「而且為什麼我總是被拋棄呢？」他納悶到抓著頭髮猛扯。

對了，政業身上背了一條前科，是傷害罪。

想也知道，告他的人就是那個污錢的經紀人。那經紀人不只告政業，要花槍全團，加上被丟包的樂團成員，十個人全都被告，每個都被判刑，但也都有緩刑。

其實官司後來變得有點複雜，因為經紀人不只詐欺，還拿他們兩團的身分證到處跟別人簽合約貪簽約金，所以這告起來罪狀好多條，我根本記不清。

官司打了一年多，政業被判五個月，緩刑一年。也就是一年內不能再犯罪，不然就要抓去關。而經紀人因為罪證確鑿又死不認罪，一罪一罰，後來不知道幾罪判決確定，總之他被判了八年六個月，直接抓進去關。

聽政業說，經紀人出庭的時候，滿嘴都是黃黃的便宜貨假牙。

政業爸媽因為這項前科不讓他再碰音樂，幾年的家庭革命鬧下來，政業後來也放棄了。

「或許就是跟這條路無緣吧。」他說。

我拍了拍他的肩膀，「你是不是不出唱片、不走演藝圈就不再彈琴了？」

他轉頭看著我，笑了起來，「我當然會繼續彈，連睡著了都會彈。」他說，而我知道他懂了。

他現在在家裡幫忙茶葉事業，而且愈做愈大。他集合許多茶農，跟南投縣政府一起搞了一個採茶節，還到台北世貿辦過茶展，變成一個標準生意咖。

百融跟沈宇婷後來分手了，原因不明，他沒說，我也就沒問。單身了很久很久之後，突然有一天跟我說他交了新女朋友，在一起已經兩個月了，「而且我們決定結婚！」他說。我聽完下巴掉下來。

兩個月後他還真的辦了婚禮，只宴請了幾桌親朋好友，而且不收禮金。

我想他有他的性格與堅持吧。

他後來在報紙上刊出的投稿愈來愈多，結果成了專欄作家。退伍後有出版社邀他寫稿出書。他第一本書剛上市就登上排行榜，立刻多了一個暢銷書作家的封號。

我覺得這跟他取的書名能貼近大眾有關，叫作《小老百姓的幹譙》。

他在書裡寫到我跟他閒聊時提到的，我代數老師養的那條狗名叫「陳水扁」，結果他誤植成「馬英九」。看到這裡我還打電話去罵他連狗名字都會寫錯，是在出書出個屁？

但他出書這年馬英九剛好當上總統，看著他的施政表現，我突然覺得……嗯……你知道的。

後來有電視台企製邀請成為報紙專欄作家的百融上節目當名嘴，當著當著竟然紅了起來。不過紅不太久，因為他的個性比較憤世嫉俗，正義感強烈，有些電視台會要求他批判時不要太用力，還有的會限制他有些話不能說，他完全不能接受這些要求，於是跟幾個電視台的管理階層鬧翻，直接被放到「不再邀請」黑名單。

後來我虧他，「要不要把這些電視台祕辛寫出來？」

他說，「我一定會寫，你等著看。」

「那如果這些祕辛拿到校刊社……」

「吼──」

凱聖因為不需要當兵的關係，所以他很快地在新竹科學園區找到工作，因為他反應快，又自然派，剛好遇到一個很欣賞這種性格的上司，在公司兩年不到就被派駐中國大陸，薪水立刻多了百分之三十，但缺點就是經常不在台灣，一去就是兩、三個月，回來只待兩個星期，所以後來我跟他見面的機會變得很少。

他跟李夜柔終究也分手了，個性還是不合，在一起六年，最後還是說再見。

不過他很快便從情傷中復原，在工作中找到自信。上次見到他時，他說在大陸交了一個來自湖北的女朋友，如果交往穩定的話，他可能會娶個大陸新娘。

我問他，你飛踢完台北之後要去飛踢哪裡？

他說，還好他只長駐深圳或廈門，沒有被派到大陸北方，不然以那裡的天氣，他一定會去飛踢天安門。

最後是廖神學長，這個一輩子把自己當成神的男人，他後來真的變成神了。

我不是說他死了，雖然我曾這麼希望。我的意思是他成了補習班的神。

廖神學長當完兵之後又回到補習班繼續教書，後來憑著他莫名其妙又白爛的說話方式，加上會跟學生瞎鬧不怕出糗的教學風格，混著混著，竟然混到開了一間補習班，還自己當班主任，補習班名字就叫「廖神數學」，生意極好。

以我現在在網路公司當主管的薪水來看，他的年收入可能是我的三十倍。

也就是說，我的年薪六十萬，他至少一千八百萬。

他說，「哎呀兄弟談錢傷感情嘛，不要聊這個啦！」然後給我的結婚紅包包了二十萬。

還好他比我早結婚，我已經包過他三千六了。不然他這包我還真不知道該怎麼還。

這時我就在想，他媽媽在門口遇到的和尚講的應該是真的，因為以他現在的工作跟事業來看，這或許就是他說的天命，他的個性天生如此，所以才會有這樣特殊的教學方式，而且他教過的學生數以萬計，確實影響了很多人。

不過他還是很白爛就是了。

他老婆本來是他的員工，後來日久生情。他是在兩個人吃晚餐的時候順口跟女朋友求婚的。

他說：「欸，妳要嫁給我嗎？」

他女友說：「喔，好啊。」

然後兩個人隔天就去戶政事務所辦登記了，所有過程、步驟全部省略。

他說：「那些結婚花招本神沒興趣，本神的老婆也沒興趣。」

結婚前我就已經宣佈過，我的婚禮禮車不需要什麼名車，我只要我的好朋友來當司機兼伴郎，於是政業、凱聖、百融、廖神學長都是我的伴郎，還有我哥。

似乎有個說法是，伴郎不能是已婚或結過婚的，這點我倒是一點都不在乎，我要的是朋友能一起分享我的喜悅，而不是習俗。

所以當我在住處樓下看見他們把禮車停好，一字排開等我的時候，我有一種想哭的衝動，「這些人陪了我好久啊。」我心裡這麼想著。

包括我的老婆。

退伍後，有一天我找工作遞履歷兼面試，其中一家公司在台南。

我心想：「既然都到台南了，面試完找她出來吃個飯吧。」於是我撥了電話。

「嗨！克愚！好久不見！」電話那頭，她的聲音依然親和力十足。

「對啊，好久不見！」

「最近好嗎？」

「嗯……就跟我現在找的工作薪水一樣，普普通通啦！妳呢？」

「那我就要回答跟我帶的學生作文一樣馬馬虎虎囉。」

「欸，妳會不會覺得好熱？」

「會啊。夏天的台灣哪有不熱的？」

「那妳會不會覺得有點渴？」

「渴？我剛剛喝過水，不渴啊。」

「那妳知不知道哪裡有好吃的剉冰？」

「咦？你……」

還記得我曾經說過，我覺得最美的愛情是「不用說，自然有種默契在」嗎？因此告白不是必須的，如果你遇到的是跟你有默契的人。

「我昨天才夢見你要來找我。」

「我昨天才夢見我會來找妳。」

這兩句話，我們是同時說出來的，這就是我說的不用告白的默契。是的，今天將要嫁給我的女人，是王君儀。

我們在一起五年了，決定這輩子一起牽手度過。

她後來其實有跟學長交往一陣子，但很快就分開了。「因為我時常想起你，所以我不能再傷害他。」她說。

我跟她決定結婚的點跟別人比較不一樣，因為婚是她求的。

有一天我在上網，她走到我旁邊問我：「還記得很久以前我叫你去看我的名片檔嗎？」

「我記得啊。」

「你是不是沒去看？」

「有啊，我看過啦。」

「騙人，你沒看過。」說著說著，她把ＢＢＳ瀏覽器打開，登入帳號。「你說，我的名片檔是什麼？」

「就那個什麼……『喜歡像個孩子』的，不是嗎？」

「趙克愚，你是個笨蛋！」她說。

她打開名片檔，映入眼簾的確實是我說的那個。

這時，她移動滑鼠，把游標移到「喜歡」的前面兩個空格。

「你不覺得我空這兩格很奇怪嗎？」

「有啊，但我以為妳是故意這樣排版的。」

她笑了一笑，沒說話，按了滑鼠左鍵，把整個名片檔反白。

我終於知道她為什麼要我來看名片檔了。

你的喜歡，是個安安靜靜的孩子，

只是默默的凝望，不說話。

但是你再不說話，我就要先說囉！
趙克愚，我喜歡你啦！趙克愚，我喜歡你啦！趙克愚，我喜歡你啦！
趙克愚，我喜歡你啦！趙克愚，我喜歡你啦！趙克愚，我喜歡你啦！
趙克愚，我喜歡你啦！趙克愚，我喜歡你啦！趙克愚，我喜歡你啦！

只是默默的凝望。

【全文完】

敬初戀

不太明確，以爲是錯覺。
但佔領思緒的那確實是思念。
有個人敲著心門，靦腆的迂迴。

初戀是種孤單成長，長了自己長了對方。
十封情書十張紙上，一次分手一次心傷。

不甚瞭解，我想是誤會。
期待的相對面，而失望放過誰。
每個人都該承認沒有人完美。

什麼滋味，是無言以對。
爭執與對錯間，都有待商榷。
每個人都該權衡愛是什麼定位，怎麼理解。

漸進曲

什麼作為，卸下了防備。
被證實的曖昧是感情的觸覺。
有個人打開心門，找到了座位。

相愛是種孤芳自賞，賞著自己賞著對方。
十個男人十種瀟灑，十個女人十種芬芳。

初戀往往已不在身邊，卻在心裡面。
好壞功過，遺忘與否，歷史自有考驗。

跟回憶舉杯對望，誰不暗自神傷。
與初戀舉杯對望，誰不餘波蕩漾。

〈敬初戀〉
詞：藤井樹（吳子雲）
曲／編曲／製作人／吉他／貝斯／鋼琴：康小白
鼓：陳柏州
錄音師：康小白／陳柏州（鼓）
錄音室：小宇宙音樂工作室／Mr.Q Studio（鼓）
混音師：康小白
混音錄音室：小宇宙音樂工作室

〈漸進曲〉演奏曲
製作人：康小白
編曲：蔡政勳／劉涵
鋼琴：蔡政勳
小提琴：蔡曜宇
大提琴：劉涵
錄音師／混音師：康小白
錄音室／混音錄音室：小宇宙音樂工作室

辛夷塢：

「《蝕心者》是我目前爲止最好的一本小說，
沒有之一。」

有一天，一隻孤獨漂泊的野狐狸闖進一座廢園，在裡頭發現一隻石狐。牠將石狐當成世上唯一的同類，終日與它為伴。

到了冬天，小野狐蜷在石狐身旁，想著要是它能活過來該有多好。為了讓石狐成真，小野狐按照佛的指示，掏出自己的心，放進石狐的胸膛。

石狐活了，和小野狐共度了一段很快樂的時光。但活過來的石狐漸漸厭倦困在廢園的日子，努力修成正果，擁有了人形，就這樣一去不回。

被留下的小野狐整日在廢園遊蕩，因為沒有了心，不會老也不會死，等待牠的，只有無窮無盡的壽命和寂寞……

年少的時候，她從他口中聽聞了這麼一個故事。而她和他無法分割的命運，正是從一座廢園開始。

或許，世間每一對痴男怨女裡，總有一個是石狐變的，另一個就是又痴又傻的小野狐。

辛夷塢

電影「致我們終將逝去的青春」原著作者
作品銷售突破一千萬冊，
億萬讀者狂熱收藏
如張愛玲再現的二十一世紀愛情小說傳奇
「一個人一生中如果沒有讀過
一本辛夷塢的作品，
那人生將是不完整的！」

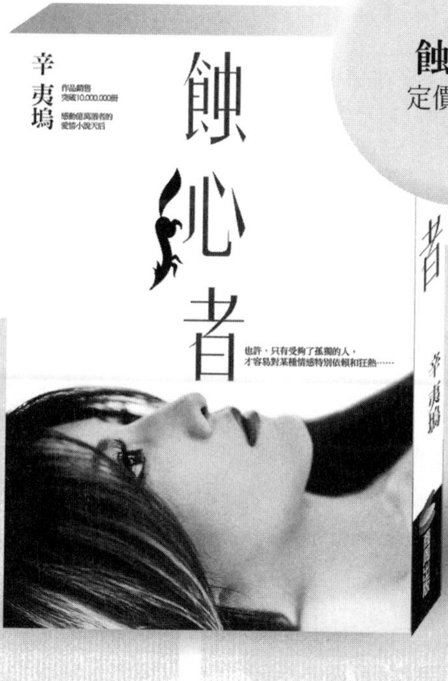

蝕心者
定價280元

青春務必慘烈一些才好。
年少時的記憶血肉橫飛，老來諸事相忘，舔舔唇，
還可隱約感受到當年熱血的腥甜。

兩個在苦難孤獨中依偎長大的孩子：謝桔年和巫雨，以及兩個自小在溫室備受呵護的孩子：韓述和陳潔潔，原是兩條平行線的四個人因緣巧合產生交集，從此交纏不清，本應平淡下去的青春變得滿目瘡痍、慘烈無比……

張愛玲曾說，普通人的一生，再好些也不過是桃花扇，撞破了頭，血濺到扇子，聰明之人，就在扇子上略加點染成為一枝桃花；愚拙之人，就守著看一輩子的汙血扇子。

青春也是如此，誰當年沒有張狂衝動過，誰沒有無知可笑過。可別人的青春是用來過度、用來回望的，但她不同，她撞得太用力，血濺五步，哪裡還有什麼桃花扇，生生染就了一塊紅領巾。

假如，那年桔年愛上了韓述，他們共同走過不解情事的歲月，到最後分道揚鑣，也許只會各自變成對方心裡一個灰色的影子。

又假如，那年巫雨真帶著陳潔潔走了，也許有一天她會怪他，會回頭，然後像個普通的女人那樣繼續生活，他也在另外一個地方結婚生子，他們兩兩相忘。

很多人在青春年代有過的叛逆生涯沒什麼不同，不知道要去哪裡，不知道為什麼要出走，只是想要有一種帶我飛出去的感覺，幾年後，也就倦了。

有些青春放肆過了可以回頭，有些則無路可退，但人總要在多年後回首才發現，也許最好是停頓在當年。一切都來不及開始，一切都不會開始，當然也不會有結局的無奈和眼淚，沒有誰被傷了心。

劇場導演吳定謙　OL心聲代言人雪倫　網路小說暢銷天王藤井樹
商周出版編輯群　誠摯推薦

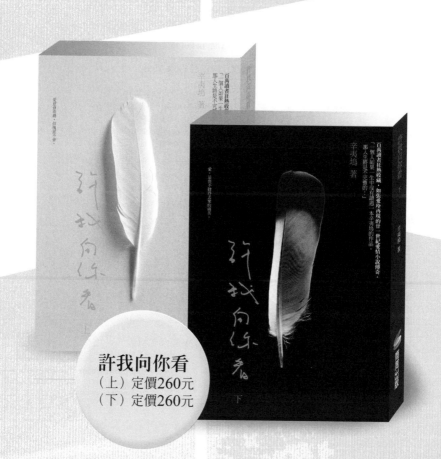

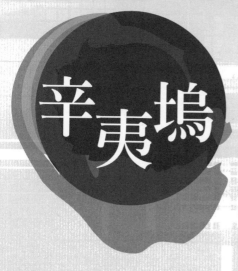

國家圖書館出版品預行編目資料

漸進曲／藤井樹 著. -- 初版. -- 臺北市：商周出版：家庭傳媒城邦分公司發行, 2014.07
面：　公分. --（網路小說；233）
ISBN 978-986-272-597-9（精裝附光碟片）
857.7　　103008813

漸進曲

作　　者／藤井樹
企畫選書人／楊如玉
責 任 編 輯／楊如玉

版　　權／翁靜如
行 銷 業 務／李衍逸、黃崇華
總　編　輯／楊如玉
總　經　理／彭之琬
發　行　人／何飛鵬
法 律 顧 問／台英國際商務法律事務所　羅明通律師
出　　版／商周出版
城邦文化事業股份有限公司
台北市民生東路二段 141 號 9 樓
電話：(02) 25007008　傳真：(02) 25007759
Blog：http://bwp25007008.pixnet.net/blog
E-mail：bwp.service@cite.com.tw
發　　行／英屬蓋曼群島商家庭傳媒股份有限公司城邦分公司
台北市民生東路二段 141 號 2 樓
書虫客服服務專線：(02) 25007718、(02) 25007719
服務時間：週一至週五上午09:30-12:00；下午13:30-17:00
24 小時傳真專線：(02) 25001990、(02) 25001991
劃撥帳號：19863813；戶名：書虫股份有限公司
讀者服務信箱：service@readingclub.com.tw
城邦讀書花園：www.cite.com.tw
香港發行所／城邦（香港）出版集團有限公司
香港灣仔駱克道193號東超商業中心1樓
E-mail：hkcite@biznetvigator.com
電話：(852)25086231　傳真：(852) 25789337
馬新發行所／城邦（馬新）出版集團【Cité (M) Sdn. Bhd.】
41, Jalan Radin Anum, Bandar Baru Sri Petaling,
57000 Kuala Lumpur, Malaysia.
Tel: (603) 90578822　Fax:(603) 90576622
email:cite@cite.com.my

封 面 設 計／黃聖文
版 型 設 計／鍾瑩芳
排　　版／新鑫電腦排版工作室
印　　刷／高典印刷有限公司
總　經　銷／高見文化行銷股份有限公司
電話：(02) 26689005　傳真：(02) 26689790
客服專線：0800-055-365

■ 2014 年 7 月初版
定價260元

Printed in Taiwan
城邦讀書花園 www.cite.com.tw

　ISBN　978-986-272-597-9

廣　　告　　回
北區郵政管理登記
台北廣字第00079
郵資已付，免貼郵

104台北市民生東路二段141號2樓

英屬蓋曼群島商家庭傳媒股份有限公司　城邦分公

請沿虛線對摺，謝謝！

書號：BX4233C　　**書名：**漸進曲　　**編碼：**

請於此處用膠水黏貼

商周出版

讀者回函卡

感謝您購買我們出版的書籍！請費心填寫此回函卡，我們將不定期寄上城邦集團最新的出版訊息。

不定期好禮相贈！
立即加入：商周出版
Facebook 粉絲團

姓名：＿＿＿＿＿＿＿＿＿＿　性別：□男　□女

生日：西元＿＿＿＿＿年＿＿＿＿＿月＿＿＿＿＿日

地址：＿＿＿＿＿＿＿＿＿＿

聯絡電話：＿＿＿＿＿＿＿＿　傳真：＿＿＿＿＿＿＿＿

E-mail ：

學歷：□ 1. 小學 □ 2. 國中 □ 3. 高中 □ 4. 大學 □ 5. 研究所以上

職業：□ 1. 學生 □ 2. 軍公教 □ 3. 服務 □ 4. 金融 □ 5. 製造 □ 6. 資訊
□ 7. 傳播 □ 8. 自由業 □ 9. 農漁牧 □ 10. 家管 □ 11. 退休
□ 12. 其他＿＿＿＿＿＿＿＿

您從何種方式得知本書消息？

□ 1. 書店 □ 2. 網路 □ 3. 報紙 □ 4. 雜誌 □ 5. 廣播 □ 6. 電視
□ 7. 親友推薦 □ 8. 其他＿＿＿＿＿＿＿＿

您通常以何種方式購書？

□ 1. 書店 □ 2. 網路 □ 3. 傳真訂購 □ 4. 郵局劃撥 □ 5. 其他＿＿＿＿

您喜歡閱讀那些類別的書籍？

□ 1. 財經商業 □ 2. 自然科學 □ 3. 歷史 □ 4. 法律 □ 5. 文學
□ 6. 休閒旅遊 □ 7. 小說 □ 8. 人物傳記 □ 9. 生活、勵志 □ 10. 其他

對我們的建議：＿＿＿＿＿＿＿＿＿＿

＿＿＿＿＿＿＿＿＿＿

＿＿＿＿＿＿＿＿＿＿

請於此處用膠水黏貼